KB053216

봉사,

그대에게 향기를 주면 나는 꽃이 된다.

최현섭 지음

BM (주)도서출판 성안당

향기를 주면 난 꽃이 된다

꽃은 향기를 준다. 어려운 사람을 돕는 봉사, 그것은 어려운 사람의 가슴에 향기를 주는 방법이자, 내가 꽃이 되는 방법이다. 봉사는 거창하거나 돈이 많은 사람만이 하는 것이 아니다. 자신이 할 수 있는 작은 것부터 실천하는 것이다. 작은 것이 굴러 큰 것이 되는 게 세상의 이치다. 작은 사랑이 구르고 구르면, 큰 사랑이 된다. 내가 태어난 세상, 이 세상을 좀 더 나은 세상으로 만드는 방법에는 여러 가지가 있다. 그중에 가장 귀하고 보람찬 일이 남을 돕는 봉사라고 생각한다. 봉사하는 것은 다른 사람을 위한 것만이 아닌, 나를 위한 것이 되기도 한다. 그런 의미에서 봉사는 받는 사람과 하는 사람 모두가 행복해지는 일이다. 향기를 주는 사람은 꽃이 된다. 봉사하는 삶을 사는 사람은 꽃처럼 아름답고 향기로운 인생을 사는 사람이다.

오랜 시간 봉사를 했다. 1975년 경상북도 경주시 안강읍 안강초등학교 4학년 때, 6촌 형님(현, 경상대 최대섭 영상의학과 교수)과 함께 아이스크림을 팔았다. 수익금으로 문중 제실에 살고 있던 한 해 후배(안강초 3학년 이재준)에게 당시 유행하던 파란 천의 운동화와 크레파스, 그리고 물감을 사주기 위해서였다. 그것이 나의 봉사 활동 첫 시작이다. 당시에는 나도 물감이나 크레파스를 살 돈이 없었다. 그래서 늘 친구들이 그림을 그릴 때 교실 뒤에서 손을 들고 벌을 받을 때가 많았다. 그런데도 후배의 어려움이 더 눈에 밟혔다.

가방에 붕대와 소독약, 그리고 붉은색 상처 치료제, 거즈, 솜, 반창고 등을 가지고 다니며 다친 아이들을 치료해주던 기억도 있다. 그런 것들을 생각해 보면, 아마도 어릴 때부터 남을 돕는 데서 오는 즐거움이 내 세포에 각인이 된 것 같다. 또 도움을 받는 사람이 기뻐하고 고맙게 생각하는 모습에서 자연스럽게 남을 돕는 것이 보람된 일임을 깨달은 것 같다. 처음의 그 보람이 아직도 내 가슴에 깊이 남아 있다.

그 마음이 계속 봉사를 이어 나가게 하는 동력이 되었다.

　우리 집은 무척 가난했다. 그래서 어릴 때부터 돈을 벌어야겠다고 생각했는데, 그러한 생각이 자립심을 길러 주었다. 1987년 3월, 전역을 하고 공부를 더 할 것인가, 아니면 돈을 벌 것인가를 고민하였다. 하지만 가난한 환경에서 대학교에 진학한다는 것은 무리였다.

　1987년 11월, 현대자동차에 입사를 한 후 누님 댁에서 생활을 하였는데, 누님의 주인집 아들은 공부를 잘했다. 당시 공부에 대한 미련이 남아 있기는 하였지만, 이미 취직을 한 상태였기 때문에 대학교에 진학할 처지는 아니었다. 그저 이 아이의 꿈이 이루어지도록 도움을 주는 것이 내 꿈을 대신 이루는 게 아닐까 하는 생각을 하였다. 그 아이에게 정철 영어 TAPE를 지원해주면서 열심히 공부하라고 말하며, 공부에 대한 미련을 접었다. 그때 그 아이는 현재 삼성전자에 입사하여 열심히 사회생활을 하고 있으며, 봉사 활동 후원회에도 가입하여 어려운 이웃을 돕고 있다.

　입사 후 2년이 지난 1990년 3월, 몇 년 동안 얼굴을 익힌 선후배에게 봉사 활동 제의를 하였다. 그리고 부서를 이전할 때마다 봉사 기부 단체를 만들었다. 그런 단체가 7개나 있다. 이 단체들은 지금도 어려운 이웃에게 도움을 주며 꾸준히 활동을 이어가고 있다.

어려운 사람을 보면 도와주어야 한나는 일종의 사명감 같은 것이 내 머릿속 깊이 뿌리를 내렸다. 베푸는 것을 좋아하고, 나누는 것을 좋아하기에 내 주위에는 함께 봉사하는 사람들이 많다. 경제적으로는 부족할지 모르나, 마음만은 항상 풍족한 가족 같은 회원들은 봉사하는 데 많은 힘이 된다. 30년 넘게 봉사 활동을 하다 보니 그 과정에서 맺어진 인연이 400여 명이 넘는다. 그렇게 나는 어느새 봉사 공인이 되었고, 책임감도 더 느끼게 되었다. 항상 내려놓으려는 마음과 긍정적인 자세로 오늘도 열심히 뛰며, 감사하는 마음으로 봉사하는 삶을 살고 있다.

홍성부 선배님의 출판 기념회에서 용기를 얻었다.

"현섭아 너는 봉사를 오래 했으니 멋진 책을 쓸 수 있을 거야. 유능한 작가님을 소개해줄 테니 한 번 만나보고 결정하도록 해봐."

사실 나 자신을 자랑하는 것 같아 많이 망설였지만, 30년이 넘는 세월을 스스로 평가해보자는 의미로 글을 쓰게 되었다. 또 누군가 내가 쓴 책을 읽고 생각이 변화하여 봉사를 시작한다면, 그 또한 사회에 봉사하는 하나의 새로운 방법이 될 수 있겠다고 생각하였다.

이 책은 봉사하는 내 삶을 담았다. 봉사하는 삶이 얼마나 가치 있고 보람된 삶이라는 것을 다른 사람에게 알리고 싶었다. 세상에는 도움의 손길을 기다리는 사람이 많다. 나에게는 작은 것일지라도 그들에게는 생존을 위협하는 문제를 해결하는 일이 된다. 이 책을 읽고 많은 사람이 봉사의 가치를 느끼고 봉사에 참여했으면 하는 바람이다. 한 번뿐인 인생, 나로 인해 세상이 좀 더 나은 세상이 된다면, 그것이야말로 좋은 인생을 살았다고 말할 수 있지 않을까? 그렇게 하기 위한 가장 좋은 방법이 바로 봉사이다. 봉사는 세상을 향기롭게 만든다. 다른 사람에게 향기를 주면 난 꽃이 된다. 꽃처럼 아름다운 인생이 된다. 이 책으로.

"그대 가슴에 향기로운 꽃 한 송이를 드립니다."

2022. 03

·

목

차

·

| 프롤로그 |

향기를 주면 난 꽃이 된다   002

PART 1   봉사, 세상을 밝히는 힘

01 | 내가 봉사한 만큼 세상은 밝아지니까   014

02 | 봉사하는 삶, 후회하지 않는 삶   022

03 | 건강해야 돈을 벌든 봉사를 하든 한다   025

04 | 정리 해고 분위기 속에서 시작한 바버 샵 봉사   030

05 | 뻥튀기, 센베, 통닭 장사를 통한 기부   037

06 | 장기 기증은 생명 나눔이다.   043

봉사, 그대에게 향기를 주면 난 꽃이 된다

PART 2 봉사할 일을 찾는 행복한 사람들

01 │ 한울타리봉사회 창립 050

02 │ 청죽봉사회 056

03 │ 오동주 회원의 결혼식 060

04 │ 전영배 회원이 우리 곁을 떠났다 063

05 │ 현대자동차 자원봉사센터 067

06 │ 나의 영원한 친구 오용원 너무 보고싶다 076

07 │ 상원 형님 잘 계시는지요 083

08 │ 현대자동차 사장님에게 089

PART 3 좀 더 나은 세상을 위한 봉사는 사랑이다

01 │ 다문화 가정 봉사 094

02 │ 달동 아주머니 098

03 │ 달동 아주머니와 거제도 추억여행 106

04 │ 달동 아주머니의 어머니 상봉 113

05 │ 포항 아가페 사랑의 집 방문 116

06 │ 연화e 재가노인서비스 지원센터 어르신들과의 인연 124

07 │ 나눔과 섬김의 집 봉사 130

08 │ 정자동·학성동·서동 어르신 댁의 방문 이발 137

09 │ 김현주 소장과의 인연, 서동 어르신 댁 도배장판 봉사 144

10 │ 봉사의 대물림, 다운동 할머니와 손자 이야기 150

PART 4   태연재활원 친구들

01 │ 태연재활원 친구들은 나의 인생, 그리고 희망   156

02 │ 통도사 봄 소풍을 다녀와서   167

03 │ 알프스 산장 1박 2일   170

04 │ 넝쿨한우리봉사회의 가족, 태연재활원   179

PART 5   청소년이 빛나야 우리의 미래가 밝아진다

01 │ 청소년을 위한 봉사   184

02 │ 미래 인재를 위한 장학 사업   188

03 │ 아웃리치 이현우 학생과의 만남   193

04 │ 멘토링을 마무리하며   204

05 │ 마이스터고등학교 학생들과의 봉사   207

PART 6   봉사의 다른 이름, 기부

01 │ 넝쿨한우리후원회를 결성하여 새로운 봉사에 도전하다   214

02 │ 청죽봉사회의 후원금 지원   218

03 │ 넝쿨한우리후원회 회원 여러분   221

04 │ 기부로 도움을 주시는 분들   224

05 │ 장인어른과 가족들의 기부 동참   230

봉사, 그대에게 향기를 주면 난 꽃이 된다

06 | 넝쿨한우리봉사회 20주년, 후원회 10주년   233
07 | 아낌없이 나누어 주신 류만준 형님 이야기   236

PART 7   우리 가족 봉사 이야기

01 | 가족 봉사의 힘   246
02 | 아내와 함께한 무료 급식소 봉사   250
03 | 우리 아들의 봉사 활동   253
04 | 가족과 함께한 지체 장애인 여름 캠프   258
05 | 우리 가족과 함께한 태연재활원 원생의 1박 2일   262
06 | 아들 재근에게   275
07 | 하늘에 계신 아버지에게   279
08 | 부모의 역할과 의무   285

에필로그

저자 소개

PART

1

봉사, 세상을 밝히는 힘

내가 봉사한 만큼 세상은 밝아지니까

하나님은 천사를 만들었다. 하지만 천사는 사람의 눈에 보이지 않는다. 그렇다면 하나님은 보이지 않는 천사를 왜 만드셨을까? 아마 많은 사람에게 도움을 주기 위해서다. 아마 어려운 사람에게 희망과 용기를 주기 위해서다. 부처 눈에는 부처만 보이고, 돼지 눈에는 돼지만 보인다는 말이 있다. 난 봉사 활동을 하면서 많은 천사들을 보았다. 어르신을 목욕시키는 손에서, 지체 장애인의 휠체어를 미는 손에서, 이발 기계를 잡고 할아버지의 머리를 깎는 손에서, 병든 사람을 바라보며 글썽이는 눈에서, 모금함에 돈을 놓는 아이의 손에서 난 천

봉사, 그대에게 향기를 주면 난 꽃이 된다

사를 보았다. 천사는 수도 없이 많았다. 보이지 않는다고 천사가 없는 것이 아니었다. 천사는 보이지 않을 뿐, 수많은 곳에서 어려운 사람을 돕고 있었다.

아주 오래전 일이 생각난다. 고향 후배가 울산 호계에 용하게 잘 맞히는 철학관이 있다고 해서 난생처음으로 철학관을 방문하였다. 철학관의 출입문을 열고, 안으로 들어가자 나이가 지긋한 할아버지 한 분이 나를 위아래로 훑어보았다. 어색함이 맴도는 공간, 뻘쭘하게 서 있던 내게 생년월일을 알려달라는 어르신의 목소리가 공간의 침묵을 깼다. 곧바로 대청마루에 올라가 생년월일을 넣고 한참을 기다렸다. 잠시 뒤, 어르신의 목소리가 들려왔다.

"당신은 들어오는 것은 많은데, 곳간에 쌓일 시간이 없이 다 나가 버리네요. 무슨 남을 돕는 그런 일을 하십니까?"

나는 깜짝 놀라 '이 사람 정말 대단하네.' 하며 신기해하였다. 하지만 철학관 사람 대부분이 손님의 얼굴상과 이것저것 하는 행동을 한 번 보고, 어림잡아 그 사람에 대해 추측하여 말해주는 직업이라 생각하고 대수롭지 않게 여겼다.

한참 세월이 흐른 지금, 철학관에서 들었던 이야기가 나의 현실과 똑같으니 정말 용하기는 한 것 같다. 퍼주는 게 많다고 정확하게 이야기했던 기억이 스치듯 지나간다. 나는 결혼식 날짜와 이사 날짜 등 대부분의 중요한 날을 스스로 잡을 만큼 그런 것들을 믿지 않고 살아왔다. 하지만 철학관에서조차 나를 일컬어 봉사하는 인생이라고 말하였으니, 봉사는 나에게 운명이라는 생각이 든다. 기부하고 봉사하는 삶을 후회하지는 않는다. 다만 지금의 현실을 생각하면, 조금 더 저축하고, 조금 더 생각하는 삶을 살지 못한 게 못내 아쉽다.

회사 생활을 하면서 지금까지 많은 봉사와 기부를 하였다. 그렇기에 봉사는 나의 친구이자 나의 인생이다. 이러한 인생은 나의 아내와 아들이 있었기에, 또 이들의 많은 도움이 있었기에 가능한 일이었다. 남을 돕는 인생을 살 수 있다는 것에 감사하다. 나로 인해 어려운 사정에 처한 사람이 삶의 고통을 잠시라도 잊을 수 있다는 것은 커다란 기쁨이다. 일반적으로 봉사라 하면 남을 위해 하는 것으로 생각하지만, 아니다. 결국은 내가 기부하고 봉사한 만큼 세상이 밝아지고, 그것을 겪음으로써 웃을 수 있으니 나를 위한 길이기도 하다. 톨스토이가 한 말이 생각난다.

"세상에서 가장 중요한 시간은 현재이고 세상에서 가장 중요한 사람은 지금 내 앞에 있는 사람이며, 세상에서 가장 중요한 일은 남을 위해 선행을 베푸는 일이다."

봉사는 아름답고 행복한 삶의 필수 조건이라고 생각한다. 그렇기에 유한한 삶 속에서 아름다운 꽃잎 하나라도 남기고 가는 것이 내 인생의 목표이다. 즉, 나에게 있어 봉사와 기부는 떼어 놓을 수 없는 하나의 줄기이자 꽃잎인 것이다.

몸으로 직접 남을 돕는 봉사도 있지만, 기부를 통해 마음으로 남을 돕는 봉사도 있다. 얼마 전, 뉴스에서 기부를 많이 하는 연예인을 소개하였다. 하춘화, 조용필, 장나라, 유재석 등은 대한민국에서 최고라 하는 연예인들이다. 이런 유명인들은 눈코 뜰 새 없이 바쁘기에 봉사를 위해 시간을 내는 것은 쉽지가 않다. 그래서 간접 봉사인 기부를 통해 그 일을 대신하고 있는 것이다. 이처럼 탤런트, 프로 야구·축구 선수 등 공인들이 기부에 앞장설 때, 긍정적인 파급 효과는 엄청나다. 그렇다고 꼭 돈 많은 사람만이 기부하는 것은 아니다. 또 수십·수백억을 버는 사람만 기부할 수 있다는 것도 잘못된 생각이다. 기부는 아주 작은 것이라도 소중하다. 일부 사람들 중에는 '연예인들도 다 각자의 노력으로 돈을 번 것인데, 기부 좀 안 하면 어때'라고 말하는 사람들이 있다. 맞다. 봉사하지 않는 것이 사회적으로 비난받을 일은 아니다. 그리고 돈을 번 것도 일차적으로 개인이 노력한 결과이다. 하지만 자세하게 들여다보면, 연예인이 돈을 버는 것은 팬들이 있기에 가능한 것이고, 기업이 돈을 버는 것은 생산하는 노동자와 소비자가 있어야 가능한 것이다. 즉, 돈을 번다는 것은 다른 사람들의 직간

접적인 도움이 있어야 가능하다. 그렇기에 벌어 놓은 돈의 일부를 기부하는 것은 사회 구성원으로서 마땅히 해야 할 기본적인 도리라고 생각한다. 기부 문화가 일상화될 때, 우리 사회는 지금보다 더욱 살기 좋은 사회가 될 것이다.

대부분의 사람들이 봉사란 남을 위해 하는 것이라고 생각한다. 하지만 다양한 봉사 활동을 하다 보면, 결국은 나를 위한 것으로 귀결된다는 것을 알 수 있다. 물론 봉사가 힘이 드는 것은 사실이다. 학생은 학생 나름대로 시간을 쪼개야하고, 성인은 회사를 다니며 쉬어야 하는 시간에 쉬지 않고 봉사를 하기 때문이다. 그런데도 많은 사람들이 기꺼이 봉사에 참여하는 이유는 무엇일까? 많은 이유가 있겠지만, 남에게 아무런 보답을 바라지 않고 하는 봉사를 통해 생각지도 못한 유익한 결과를 얻기 때문이라고 생각한다. '세상에 공짜는 없다'라는 말이 봉사에도 적용이 되는 것이다. 원인이 없는 결과가 없듯, 어떤 봉사든지 열심히 하다보면 정신적 만족으로 오는 행복감이 엄청나다는 것을 경험하게 된다.

코로나와 경제 불황으로 인해 주변에 어렵지 않은 사람을 찾아보기가 힘들다. 이 책을 읽고 있는 독자들 역시 힘든 시기를 보내고 있겠지만, 그래도 주변에서 할 수 있는 작은 것부터 찾아 봉사에 나서보기 바란다. 내 말이 틀리지 않았음을 금방 깨닫게 될 것이다. 사람은 모두 행복을 꿈꾼다. 그리고 행복해지려면 어떻게 해야 하는지를

봉사, 그대에게 향기를 주면 난 꽃이 된다

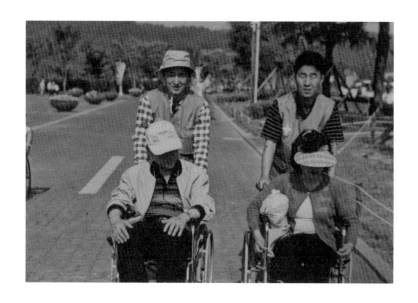

물으면, 많은 돈을 벌고 사회적으로 성공해야 한다고 말한다. 하지만 돈과 성공으로부터 오는 행복감은 유효 기간이 짧다. 새 차를 사더라도 만족감은 3개월이 넘지 못한다는 말이 있다. 반면, 봉사의 유효 기간은 끝이 없다. 그리고 그 행복감의 무게 역시 돈과 성공에 비할 바가 아니다.

시간이 없어 봉사에 참여하지 못하는 사람은 기부로 봉사를 대신하면 된다. 물론 일부 사기꾼들로 인해 기부한 금액을 횡령하는 사례가 있어 기부를 망설이는 사람도 많다. 따라서 이제는 기부에 대한 사회적 시스템이 변해야 한다. 기부하는 사람이 투명성을 확인하고 믿음을 가지도록 시스템을 재점검할 필요가 있는 것이다. 내가 기부하는 천 원, 만 원이 어디에 쓰이는지 확인될 때 기부 문화는 선진국의 그래프를 닮아갈 것이다. 이 책을 읽고 있는 독자들에게 권유하고 싶은 것이 있다. 여러분들도 작지만 큰 결심을 해서 매월 오천 원 정도라도 기부에 동참하길 바란다. 물론 '지금은 어려워서, 귀찮아서', '조금 형편이 나아지면 하지', '나도 어려운데 뭔 기부를 해' 하면서 거절할 수도 있다. 그러나 한 달에 오천 원 기부한다고 살림이 어렵게 되지는 않는다. 하고자 하는 마음의 문제이다. 기부에 동참하고 봉사에 함께하는 시간은 우리들의 삶을 더욱더 가치 있게 만들어줄 것이다.

부모의 봉사는 자녀에게 아주 선한 영향력을 끼친다. 봉사하는 모습을 자녀들에게 보여주는 것만큼 좋은 교육은 없다. 고액 과외를 시켜 서울대에 보내는 것보다 봉사하는 것을 몸으로 직접 보여주는 것이 훨씬 더 가치 있는 교육이다. 자녀에게 '우리 부모와 나는 이 세상에 태어나 의미 있는 삶을 살았다'는 자랑거리를 선물할 수도 있다. 어떤 자랑거리보다 값진 자랑거리를 말이다. 그리고 분명 자녀들도 뿌듯한 마음을 가지며 부모를 존경하게 될 것이다.

오랫동안 봉사하면서 받은 최고의 선물이라고 하면, 일말의 고민도 없이 함께하는 사람들이라고 말할 수 있다. 퇴직 무렵이 되면 누구나 지나오면서 겪은 직장생활을 뒤돌아보게 된다. 이때 자신의 주위에 남아 있는 사람이 별로 없다고 말하는 사람들이 많다. 그렇게 말하는 사람들을 보면, 대부분이 직장을 한낱 생계 수단의 도구로만 여기고 있었다. 또한 정말 친한 사람이라고 생각했던 사람과의 관계를 3년 넘기기가 어렵다고 하는 사람들도 있다. 현실적인 이야기이니 가슴 아픈 일이다. 하지만 봉사와 기부를 하면서 만난 사람들은 하나가 되는 느낌을 공유한다. 생각이 같은 사람의 부류, 그것도 봉사를 하러 온 사람이니 자연스럽게 공통분모가 형성되는 것이다. 그들은 앞으로도 나와 함께 할 사람들이며, 그렇기에 나의 노년은 외롭지만은 않을 것이라 믿는다. 베풀지 않고 움켜쥐기만 한다면 주위에 있던 사람들은 떠나갈 것이다. 봉사하는 생을 살아오면서 가장 크게 느낀 점이다.

함께하는 사회, 나누고자 하는 인간의 본능을 일깨워 길지 않은 유한한 시간을 알차게 살아가길 바란다. 가족이 살면 나라가 산다. 그러다 보면 우리가 사는 사회는 심장이 펄떡이는 생동감 있는 사회가 될 것이다. 내가 봉사한 만큼 세상이 밝아진다는 사실을 꼭 기억하자.

봉사하는 삶, 후회하지 않는 삶

몇 년간 암으로 투병하다 2009년 5월에 세상을 떠난 장영희 교수가 세간의 주목을 받았다. 그녀는 태어난 지 1년 만에 두 다리를 못 쓰는 소아마비 1급 장애인이 되었지만, 자신의 꿈을 접지 않고 노력하여 결국 교수가 되었다. 그녀의 사연을 보며 비장애인인 우리가 이 세상에서 할 수 있는 일은 무엇인가를 고민하게 되었다. 장영희 교수는 자신이 언제 이 세상을 떠날지 모르는 시한부의 생을 살면서도 내색 한 번 하지 않으며, 다른 사람에게 희망의 메시지를 전하였다. 정말 가치 있는 생을 살았다고 생각한다. 아마도 삶의 종말을 기쁨으로 받아들이며 슬픔을 승화하지 않았을까? 그녀의 삶은 참삶이 무엇인지를 전하는 전도사라는 생각이 들었다.

사람은 태어나서 생을 마감할 때, 세 가지를 후회한다고 한다.

첫째, '베풀지 못한 것에 대한 후회'이다. 가난하게 산 사람이든 억만장자의 삶을 산 사람이든 죽을 때가 되면 모두 '왜 좀 더 나누어 주지 못하고 베풀면서 살지 못했을까? 이렇게 긁어모으며 움켜쥐어봐야 별거 없는데, 참 어리석게 살았구나.' 하며, 그동안 베풀지 못한 자신의 삶을 되돌아보면서 후회에 빠진다고 한다.

둘째, '더 참지 못한 것에 대한 후회'이다. '그때 내가 조금만 더 참았더라면 좋았을 텐데', '그렇게 행동하지 않았더라면 좋았을 텐데', '당시에는 나의 주장이 옳았고 그것이 최선이라 생각했는데, 지금 생각해보니 아무것도 아닌 자존심의 문제였구나', '참지 못한 것이 나와 상대에게 아픈 상처로 남게 되었구나', '왜 가슴에 대못을 박는 이야기를 했을까?' 하며 조금 더 참지 못한 자신에 대한 반성과 후회를 한다고 한다.

셋째 '좀 더 행복하게 살지 못한 것에 대한 후회'이다. '왜 그렇게 무의미하고 재미없게 살았던가?', '왜 그렇게 짜증스럽고 부정적으로 살았을까? 그렇게 살면서 나에게 행복이 존재했던가?', '사소한 일이지만 얼마든지 재미있게 살 수 있었고, 긍정적으로 살 수 있었던 일들인데' 하며 행복한 삶을 살지 못한 것에 대한 후회를 한다고 한다.

우리는 베풀고 있어 그나마 행복하다. 작지만 큰 희망과 사랑으로 이웃 사랑을 실천하고 있어 봉사회 회원들은 축복받을 것이며, 후회하지 않는 삶의 요건을 충족하고 있는 것 같아 아름답다고 생각한다. 봉사를 오래 하다 보면 삶의 질적인 성장으로 참을성을 배양하는 바이러스가 온몸에 퍼져 가슴 내면에서 풍겨 나오는 향기로움을 느낀다. 봉사 자체가 행복한 삶을 추구하는 일이기에 봉사회 회원의 인생은 후회하지 않는 아름다운 삶으로 이어질 것이다. 어느 회원님의 글처럼 말이다.

"자녀들의 달라지는 모습 속에서 봉사의 참 의미를 깨닫는다."

가슴에 너무나도 와닿는 문장이다. 봉사는 자신의 삶을 후회하지 않도록 만들어줄 뿐만 아니라, 자녀에게도 가치 있는 삶을 살아갈 수 있게 만드는 본보기가 된다는 것에 더 큰 의미가 있다. 그렇기에 때로는 자녀의 변하는 모습이 봉사하게 만드는 원동력이 되기도 한다. 또한 봉사는 자녀뿐만 아니라 사회에도 좋은 영향력을 끼친다.

한 번밖에 없는 인생 잘 살아야 한다. 그 잘사는 길이 봉사와 기부를 하는 삶이다.

건강해야 돈을 벌든 봉사를 하든 한다

올해 30년이 되는 넝쿨한우리봉사회에서 일곱 쌍의 커플이 탄생
하였다. 가족 중심의 봉사 활동 중에서 최고의 수확이 아닐까 생각한
다. 그 회원들의 자녀도 지금 함께 봉사를 하고 있다. 가족이라는 단
어에는 당연하게 따라붙는 수식어가 있다. 바로 행복이다. 하지만 현
시대에는 가족이지만, 소통이 부족하여 물과 기름 같이 따로따로 살
아가는 등 불행하게 사는 가족도 많다. 특히 부부간의 다툼과 불화는
부부만의 문제로 끝나지 않는다. 부모는 자녀의 본보기이다. 하루 입
에 풀칠하기도 벅찬 마당에 무슨 행복을 말하냐고 할 수 있겠지만, 세

월은 정지되어있지 않고, 흘러간 시간은 영원히 되돌릴 수 없다. 할 수 있을 때 자녀에게 좋은 모습을 보여야 자녀 역시 행복한 삶을 영위할 수 있는 것이다. 자녀에게 부모의 봉사하는 모습만큼 좋은 본보기는 없다. 그러므로 자녀와 함께 하는 봉사라면 더할 나위 없이 좋다.

아무리 못나도 부모는 부모다. 가정이 바로 서야 나라가 바로 선다는 것은 상식이다. 그렇기에 부모와 함께하는 봉사와 기부는 자녀가 성장한 이후에도 연결되고, 고스란히 삶에 녹아들어 건강하고 탄탄한 뿌리로 사회를 지탱한다.

"죽음의 신이 당신의 방문을 노크하였을 때, 당신은 인생이라는 바구니 속에 무엇을 담아 신에게 내어놓겠습니까? 우리는 죽음의 신을 그냥 돌려보낼 수 없습니다."

인도 시인, 라빈드라나트 타고르(Rabindranath Tagore)의 명언이다. 누구든 처음부터 한 분야의 대가가 되는 사람은 없다. 만약 누구나 처음부터 어떤 분야의 대가가 된다면, 아무도 노력하지 않고 결과에만 목숨을 걸 것이다. 나는 나 자신을 봉사의 대가라고 생각한다. 이런 말을 하는 것이 부끄럽지 않을 정도로 큰 노력을 했다는 의미이다. 처음 봉사 단체를 만들고 3년 후, 스물다섯 나이의 곱게 자란 아내와 결혼을 하였다. 그때부터 지금까지 아내와 나는 봉사를 함께 하

봉사, 그대에게 향기를 주면 난 꽃이 된다

고 있다. 벌써 30년이 넘었다. 아내는 늘 아무 불평 없이 수십 명의 밥을 준비하고 봉사자를 챙겼다.

세상을 살아가는 데 있어 가장 기본은 가족이다. 가족이 아프면 모두가 힘들어진다. 톱니바퀴 하나의 이빨이 빠지듯 덜컹거린다. 아내도 15년 전에 암으로 크게 고생을 하였다. 아들은 그때를 잘 기억하지 못하지만, 옆에서 지켜본 나는 아픔을 함께하며 아내가 건강을 회복할 수 있도록 최선을 다하였다. 검진 후, 암 혹은 큰 병이라는 소리를 듣는다면, 당사자뿐만 아니라 옆에서 지켜보는 가족도 정도의 차이만 있을 뿐 피를 말리는 고통을 함께 겪는다. 그리고 그런 일을 겪으며, 가족이 행복해지기 위한 조건 중에 가장 최우선이 되어야 하는 것이 건강임을 뼈저리게 느끼게 된다. 아내의 암 발생 이후 내 건강은 물론, 아내와 아들의 건강도 함께 챙기고 있다.

많은 사람들이 세상살이의 기본은 돈이라고 여기고, 건강은 덤이라 생각하여 등한시하다가 뒤늦게 후회하는 일이 많다. 하지만 직접 겪어 보니 첫째도 건강, 둘째도 건강이다. 건강하지 않으면 돈, 명예 모두 무용지물이다. 바쁜 생활 속에서 생각만큼 건강해질 수 없는 것이 현실이다. 그러나 시간이 없다는 핑계로 잠시 틈을 주면 기다렸다는 듯이 파고들어 오는 것이 병이다. 병에 걸리고 나서 후회해봤자 아무 소용이 없다. 그저 '남에게 피해 한번 주지 않고 열심히 살아온 나에게 왜 하필 이런 시련을 주는가' 하고 신을 원망하게 될 뿐이다.

그렇기 때문에 건강 관리에 특별히 더 신경을 써야 한다. 요즘은 의료 보험 체계가 잘 되어 있어 국가에서 지원하는 검진만 꼬박꼬박 받아도 큰 병으로 진행되는 것을 막을 수가 있다. 우리나라의 의료 체계는 세계가 인정하는 자랑스러운 제도이다. 그 좋은 제도를 십분 활용하여야 한다.

입사 후, 허리를 다쳐서 고생을 많이 하였다. 그 후, 15년 동안 꾸준히 운동하고 체력을 키워서 겨우 완치하였다. 요즘에도 아침에 일어나면 소파에 다리를 올리고 팔 굽혀 펴기 50개, 윗몸 일으키기 40개를 하면서 체력을 키우고 있다. 그리고 하루에 최소 30분 이상은 걷고 있다. 바쁘다는 핑계로 건강 챙기는 일을 등한시하지 말아야 한다. 그 핑계가 나의 고통과 가족의 고통으로 연결되고, 상처로 남아 모두를 힘들어지게 만든다. 건강은 건강할 때 지켜야 하는 것을 잊어서는 안 된다.

초등학교 6학년 시절, 방학이 끝나고 학교에 갔다가 하교하는 길에 삼발이 경운기가 나를 덮쳤다. 대퇴부가 골절되고 머리를 스무 바늘이나 꿰매는 큰 사고였다. 그 후유증으로 한쪽 다리가 짧고 지금까지 통증이 남아 있다. 건강해야 봉사도 할 수 있고, 살아도 재미가 있다. 오늘날의 평균 수명이 85세라고 하지만, 그건 의미 없는 수치이다. 건강 수명은 65세에 불과하기 때문이다. 침대에 누워 숨만 쉬는

봉사, 그대에게 향기를 주면 난 꽃이 된다

연명은 살아도 사는 것이 아니다. 건강한 신체에 건강한 정신이 깃든다는 말도 있다.

봉사도 마찬가지이다. 건강과 다를 게 없다. 매일 건강을 챙기듯이 일상이 봉사하는 삶이 되어야 한다. 즉, 건강을 챙기는 것이 습관이 되듯이 봉사하는 것도 습관이 되어야 하는 것이다. 건강하지 않으면 매월, 매주 봉사하는 것도 힘들다. 젊을 때부터 스스로 챙겨 건강한 정신과 육체를 만들어야 한다. 가족의 건강이 행복의 척도이듯 봉사하는 삶이 행복의 척도가 되어야 한다. 봉사하는 습관이 행복한 습관을 만든다.

정리 해고 분위기 속에서 시작한 바버 샵 봉사

입사 후 몇 개의 자격증을 취득하였다. 1998년 IMF 시절, 정리 해고 투쟁 이후 회사의 분위기는 냉랭해졌다. 1만여 명이 넘는 동료가 자의 반 타의 반으로 퇴직이나 무급 휴직을 당하였다. 당시 노무현 노동부 장관은 파업을 자제시키고, 공장의 정상화를 위해 현대자동차 울산 공장과 노동조합을 방문하기도 하였다. 그리고 하늘에는 온종일 헬기가 전단지를 뿌렸고, 파업 자제를 알리는 방송이 들려왔다.

한 달 이상의 처절한 투쟁이 이어지던 때였다. 공장 안의 파업 투쟁 열기는 한여름 밤의 열기보다 더 거셌다. 회사 생활을 정말 열심

봉사, 그대에게 향기를 주면 난 꽃이 된다

히 했는데도 정리 해고 통지서가 날아왔다며 싸우는 사람이 늘어났고, 회사 주변과 양정동 사택 주변에는 전경이 진을 치고 있었다. 자칫 늦게 술 한 잔하고 사택을 들어가다 경찰과 실랑이라도 벌이다 보면 경찰서로 끌려가 밤을 새우는 경우도 많았다. 살벌한 분위기의 연속이었던 것이다. 당시 나는 해고나 무급 휴직 통지서가 날아오지는 않았으나, 주위에 많은 동료들이 해고 통지서를 받았다. 그 결과, 동료 간에도 눈치를 볼 수밖에 없었고, 서로 말을 하지 않는 진풍경이 벌어지기도 하였다.

그로부터 얼마 후 치열했던 파업 투쟁은 끝났지만, 조합원과 관리직 사이의 날 선 감정은 풀리지 않는 응어리로 남아 있었다. 나는 1997년부터 자격증을 취득하기 시작하였다. 언제 회사를 떠나야 할지 모른다는 불안감에 뭔가 대비해야겠다는 생각이 들었기 때문이다. 그리고 그때부터 이용사 자격증, 굴삭기 기능사, 자동차 대형 면허증, 지게차 면허증, 트레일러 면허증 등을 취득하였다.

사실 나는 당시에 세 번이나 부서 이동을 한 상태였다. 그러던 어느 날, 버스 트럭 공장이 울산에서 전주로 이동한다는 소리가 들려왔고, 당연히 연구소도 이동할 수밖에 없다는 소문이 들려왔다. 그리고 그 소문은 시간이 지날수록 기정사실이 되었다. 네 번째 부서 이동을 할 수밖에 없는 상황이 온 것이다. 울산연구소 안에 있는 마북리 연구소의 산하 부서로 온 지도 몇 년이 지난 시기였다. 이 부서도 남양

연구소로 모두 이전한다고 하였다. 부서를 이전한다는 스트레스로 밤잠을 설쳤다. 이전 대상자를 파악했고, 가지 않는 사람은 의장 3공 장이나 아주 힘든 곳으로 보낸다는 소식이 나를 더욱더 압박해왔다. 아니나 다를까, 하계휴가를 다녀오니 인사팀에서 미리 인사 명령을 낸 상태였다. 나의 의지와는 상관없이 누구도 가지 않으려는 의장 라인, 다시 말해 컨베이어 벨트가 흘러가는 곳에서 일하라는 인사 명령이 떨어진 것이다. 의장 라인 특성상 그곳에서 일하면 그동안 해오던 봉사 활동에도 많은 제약이 따를 수밖에 없었다. 더군다나 다리도 불편하기에 오랫동안 서서 하는 일이 힘든 것도 사실이었다. 인사팀으로 찾아가 사정을 말하였다.

"사실 저는 다리가 불편한 장애인이고, 지금도 허리가 아파서 일하기 힘듭니다. 특히 의장 라인은 오랫동안 서서 일해야 하는데, 다리가 불편한 저에게는 무리입니다. 다른 부서로 옮겨주면 고맙겠습니다."

내 말을 들은 인사팀에서는 며칠 기다리라며, 나를 돌려보냈다. 그로부터 며칠 뒤, 인사팀에서 연락이 왔다. 노조와 회사 관리자 모두가 결정한 인사 발령 사항을 번복하면 안 된다는 것이었다.

"최현섭 씨 일을 하지 않으면 사내 규정대로 징계 처리하겠습니다.

봉사, 그대에게 향기를 주면 난 꽃이 된다

다른 사람은 다 잘하고 있는데, 왜 일하지 않으려는 겁니까?"

일하지 않으려고 한 게 아니다. 정말 다리가 불편해서 부서를 옮겨 달라고 한 것이다. 그런데 뭔가 일하기 싫어서 거짓말을 하는 사람처럼 몰아붙이는 것만 같았다. 이판사판 심정으로 부딪히고 싶어졌다.

"당신들 하고 싶은 대로 해 보세요!"

며칠 후 의장 3부 담당 차장이 나를 호출하였다.

"일을 못 하겠다고 하셔서 인사팀에 보고했더니, 곧 다른 부서로 전출 명령을 낼 거라고 합니다."

그 후, 시트 생산 관리 부서로 인사 명령이 내려졌다. 그렇게 해서 네 번째 부서 이동을 하게 되었다. 사실 그중에는 넝쿨한우리 회원이 었고, 지금도 현대자동차 자원봉사회 사무국장을 하고 있는 최부만 후배의 도움이 컸다. 지면을 빌어 감사하다는 말을 전하고 싶다.

1998년, 아내는 미용 자격증을 취득하였고, 나는 이용 자격증을 취득하였다. 그리고 의장 3공장에서 시트 생산 관리부로 옮기면서 미용 봉사 단체인 '바버 샵(barber shop)'을 만들었다. 시트 생산 관리 부서에는 나와 함께 이용사 자격증을 취득하였던 전영배 씨가 있었다. 영배 씨 역시 전주 공장 이전 때문에 이곳으로 왔다며 나를 반갑게 맞아 주었다.

영배 씨는 자격증을 취득하자마자 점심 휴게 시간을 이용하여 이발 봉사를 하였다. 주야간 교대 근무를 하며 식사 시간을 이용해 3년째 이발 봉사를 하고 있었던 것이다. 식사 후, 쉬기도 빠듯한 시간을 이용해 봉사한다는 것이 정말 대단하게 느껴졌다. 또 정말 감사하게도 많은 사람이 호응을 해주었고, 심지어 부서장까지 와서 이발을 받고 가는 등 많은 이들이 함께 해주었다. 그는 이발비로 한 명당 2천 원을 받아 지체 장애인 거주 사회복지시설인 태연재활원에 기부를 하고 있었다. 나도 이전 부서에서 이발을 하다가 왔다. 1998년부터 2001년까지 300여 명의 이발을 하였다. 그리고 마찬가지로 2천 원씩 받아 태연재활원에 기부를 하고 있었다. 정말 똑같은 마음을 가지고 일을 한다는 것이 너무나 기뻤다. 그렇게 부서에 적응하기도 전에 전영배 씨에게 제안을 하나 하였다.

"지금도 봉사를 하고 있지만, 봉사회를 하나 더 만들어서 본격적으로 이발 봉사를 하는 건 어떨까요?"

봉사, 그대에게 향기를 주면 난 꽃이 된다

내 제안을 들은 영배 씨는 본인도 그런 생각을 하고 있었다며 흔쾌히 승낙하였다. 그렇게 해서 바버 샵이 탄생하게 되었다. 우리 부서의 최의식, 윤만봉 조장, 김지묵 씨, 이대우 고향 선배, 권상호 형님 등 정말 많은 사람이 동참해주었고, 그 외에도 많은 사람이 함께해주어 바버 샵은 지금도 잘 운영되고 있다. 바버 샵은 영어로 '이발소'라는 뜻이다. 20년 전에는 이발소의 이름을 영어로 짓는다는 것이 시대에 맞지 않았지만, 요즘은 바버 샵이라는 간판을 자주 볼 수 있다. 내가 시대를 앞선 이름을 지은 것이다.

이발에는 목욕이 따르기 마련이다. 우리 봉사회는 '이발 팀'과 '목욕 팀'으로 나누어 운영하고 있다. 매달 넷째 주 일요일 아침 9시, 정자고갯길 가기 전에 있는 다리 밑 넓은 주차장에 한 명 한 명 모여든다.

"안녕하세요?"

강민구 총무가 인사를 하며 도착한다. 한 손에는 커피와 이발 기구, 다른 한 손에는 목욕을 할 때 입을 옷과 꿀차를 들고 한 달 만에 안부를 묻는다. 이·미용 자격증이 있는 회원은 태연재활원 친구들의 머리를 손질하고, 나머지 회원은 목욕과 휠체어로 이동하는 친구들을 돕는다. 그리고 이들의 자녀들은 장애인 친구들과 놀며 각자의 시간을 보낸다. 봉사하는 사람의 마음속에는 배려와 양보가 녹아 있음을 느낀다. 속도 없는 사람들처럼 아낌없이 퍼 준다. 그래서 이 사람들이 좋다. 평생 함께 가야 할 동지들이다.

머리를 깎아주면 재활원 친구들의 모습이 환해진다. 마치 푸른 하늘 같다. 그것을 바라보는 일은 내 마음에 푸른 하늘을 담는 일이다. 나는 단지 이발을 해주었을 뿐인데, 푸른 하늘이 내 마음에 담기는 것이다. 그것이 봉사의 매력이자 보람이다.

봉사의 종류는 너무나도 많다. 직접 찾아가서 그들의 불편을 해소해 주는 방법도 있고, 돈을 기부하는 방법도 있으며, 자신의 재능을 기부하는 방법도 있다. 이런 활동을 하는 것은 서로의 시간을 나누고, 마음을 나누는 일이다. 사람은 혼자서는 살 수 없다. 살아가는 과정이 마음을 나누는 과정이다. 사칙 연산에서 나누기를 하면 총량이 줄어들지만, 봉사에서의 나누기는 나누면 나눌수록 기쁨의 크기가 더 커진다. 그것이 봉사의 법칙이라 말할 수 있다.

뻥튀기, 센베, 통닭 장사를 통한 기부

봉사에 대한 욕심은 끝이 없다. 봉사를 통해 그 가치가 얼마나 큰지 깨달았기 때문이다. 어느 날 문득, '봉사를 조금 더 효율적으로 할 수 없을까?'를 생각하다가 남는 여가 시간을 이용해 돈을 벌어서 기부하자는 생각을 하게 되었다.

큰처남에게 포터를 얻어 도로에서 뻥튀기와 음료수를 팔았다. 주말을 이용해 차가 막히는 곳에서 뻥튀기와 음료를 판매하는 일이었다. 고물 포터에 거금 30만 원을 들여 천막을 덮어씌우고, 물이 새지 않도록 야무지게 마무리하였다. 그리고 미리 시장 조사를 하여 울산 북구 화봉동에 있는 뻥튀기 공장에 가서 한 봉지에 350원이라는 저렴한 가격에 뻥튀기를 구매하였다. 1,000원에 팔면 650원이 남는 꽤 괜찮은 장사였다. 뻥튀기를 포터에 가득 채우면 750개가 들어간다. 그리고 아이스박스에 캔 커피, 물 등 음료도 준비하였다. 나는 이미 3년 전 중앙시장에서 김밥 말이 기계도 팔아봤고, 달동 공원에서 음료수도 팔아봤기에 물건을 팔 때 사람에 대한 두려움은 없었다. 뭐든지 할 수 있다는 용기가 있었고 의지도 강하였다. 사실 당시에는 연구소에서 근무를 하다 보니 월급도 얼마 안 되어 뭐든지 하고 싶었던 때였다.

1995년 7월 6일, 울주군 범서읍, 지금의 범서읍 행정복지센터가 있는 고속도로 갓길에서 현대자동차 출고 사무소에서 근무하는 큰조카와 첫 야외 장사를 시작하였다. 그 주위는 약 2km가 오르막길이라서 항상 차가 막혔다. 7월의 토요일 오후, 아스팔트 열기와 차에서 뿜어져 나오는 열기는 상상하지 못할 만큼 뜨거웠다. 고속도로 진입 자체가 불법이지만, 요금소가 멀리 있어서 순찰차도 잘 오지 않았다. 그러나 매우 더운 날씨로 인해 뻥튀기를 사 먹는 사람은 그렇게 많지 않았다. 그래서 캔 커피와 물을 주 종목으로 팔았다. 뻥튀기를 팔고, 한참 후면 물을 찾는다. 뻥튀기가 물을 찾게 하는 원인이라는 것을 그때의 체험으로 알게 되었다. 물이나 캔 커피 하나에 300원 정도에 사서 1,000원에 팔았으니, 이것도 괜찮은 품목이었다. 작은 아이스박스

봉사, 그대에게 향기를 주면 난 꽃이 된다

에 캔 커피와 물 등 음료를 넣고, 갓길로 다니며, 팔을 흔들어 홍보하였다.

"커피나 음료 있어요."

이렇게 두어 번 정도 소리치면서 지나가면, 저 멀리서 자동차 유리를 내리고 소리친다.

"여기 캔 커피하고 물 하나 주세요."

순찰차가 언제 올지도 모르고 아스팔트 열기도 대단해서 첫 장사는 그렇게 별 소득 없이 접어야 했다. 이후 영천에서 경산을 넘어가는 고속도로에서 장사를 하였다. 이곳 역시 오르막길이 있어 항상 차가 막히는 곳이었다. 심지어 추석 명절에는 차가 아예 움직이지 않으니, 차에서 내려 있는 사람도 많았다.

"뻥튀기, 뻥튀기 있어요."

소리치며 고속도로에 올라가면, 서로 달라고 소리쳤다. 많이 판매할 때에는 2시간에 500개까지 팔아본 적도 있었다. 그러나 몇 시간을 뛰다 보면 입에서는 단내가 나고, 다리에는 쥐가 나서 걷기조차 힘들었다.

1996년에는 '센베'라는 과자가 없었던 것으로 기억한다. 당시 부산 자갈치 시장 부근에 있는 굴다리 밑에서 종류별로 많은 과자를 판매하고 있었다. 그것들을 사 와서 봉투에 몇 종류씩 혼합해 한 봉지를 만들어 팔아보니 의외로 잘 팔렸다. 그렇게 센베와 막대 사탕을 몇 개씩 묶어서 4월에서 5월, 벚꽃 시즌에 경주 보문 단지와 불국사 쪽으로 가면 어린 친구들이 많아서 인기가 좋았다. 봉지에 여러 가지 과자를 넣어 묶어서 팔고 나자, 시중에 똑같은 제품들이 나오기 시작하였다. 아마도 센베 묶음 판매의 원조는 내가 아니었을까?

넝쿨한우리 하계 캠프 경비를 마련하기 위해 문영주, 신갑식 회원과 장사를 하기도 하였다. 이처럼 30대에 다양한 경험을 많이 하며 3년간 500만 원 정도의 수익을 내었다. 그리고 이 수익금 모두 태연재활원 등 주위 복지 시설에 기부하면서 나의 길거리 체험은 막을 내렸다.

또 하나의 체험은 울산대공원이 개장되고 얼마 지나지 않은 때였다. 정문에서 멀지 않은 거리에 큰누님이 통닭 가게를 운영하고 있었다. 주말에는 공원에 놀러 온 사람들의 대부분이 가족 단위였기에, 조카와 누님에게 제안을 하나 해 보았다.

"일요일에 공원 안에서 통닭 장사를 하면 좋을 것 같아. 이번 주에 한 번 해보자!"

누님은 잠시 고민하더니, 내 제안을 승낙하였다.

"좋아, 한 통에 만원으로 해서 어린이날에 한 번 팔아보자."

누님은 통닭을 굽고 조카는 정문으로 가져왔다. 일요일 하루 4시간 만에 60마리를 팔았다. 하루 수입치고는 괜찮은 판매였다. 그런데 한 달 후부터는 공원 내에서 통닭을 판매하는 사람들이 부쩍 늘어나 재미가 없었다. 그렇게 3번을 더 판매하고 그만 두었다. 이 역시 또 하나의 재미있는 경험이었다. 이처럼 다양한 경험의 봉사를 통해 해당 종사자의 고초도 알게 되고, 남을 돕는 방법까지도 찾게 되었다. 실천하지 않으면 생각만 한다. 생각이 행동으로 옮겨지면 실행이 된다. 생각은 실천할 때 빛을 발한다.

봉사 중에 가장 힘들어서 피하게 되는 것 중의 하나가 '목욕 봉사'이다. 요양원이 많이 생기면서 자연스럽게 목욕 봉사가 많아졌다. 그리고 쉽게 생각하고 의지만 앞서 시작했다가 오래 가지 못하고 6개월 이내에 그만두는 봉사 팀을 많이 보았다. 몸이 불편한 어르신을 상대하려면 힘이 많이 들고, 요령이 필요하다. 많은 경험을 통해 최대한 쉽게 하는 법을 찾아야 장기적인 봉사로 이어진다. 기구를 최대한 이용하여 힘을 조절해야 한다. 장사든 봉사든 경험에서 오는 것을 활용해야 지속 가능하다는 것을 알았다.

　마음이 문제다. 봉사를 하는 방법, 또 남을 돕기 위한 방법은 찾으면 찾을수록 수도 없이 많다. 하지만 마음이 없으면 절대로 할 수 없는 것이 봉사다. 봉사는 스스로 빛을 내는 일이다. 그 빛은 응달에서 추위에 떠는 불우한 이웃에게 따뜻한 햇볕을 주는 일이다. 나 스스로 빛이 되면, 내 얼굴은 기쁨으로 빛난다.

봉사, 그대에게 향기를 주면 난 꽃이 된다

장기 기증은 생명 나눔이다

1995년, 어느 방송사의 프로그램을 통해 자신의 시신을 기증하여 신장 이식 등 여러 사람의 생명을 구한 경남 양산의 기증자 사연을 본 적이 있다. 간판업을 하며 가장 역할을 하던 39세의 젊은이가 사다리 위에서 작업을 하던 순간 강풍이 불었고, 그대로 사다리가 넘어지면서 식물인간이 되었다. 사람의 운명은 아무도 모르는 사이에 결정되고, 누구도 예외 없는 위험을 당할 수 있다. 건강은 그 누구도 장담할 수 없는 영역이다. 일하러 나갔던 가족이 큰 사고를 당할 거라고 어느 누가 상상이나 했을까. 이 기증자의 가족 역시 마찬가지였다. 부산 동아대학교 병원에서 뇌사 판정을 받고, 가족들은 깊은 고민에 빠졌다. 사랑하는 아들을 위해 마지막으로 해줄 수 있는 것이 무엇일지를 말이다. 그러다 살아생전에 어려운 사람에게 늘 도움을 주고 싶다던 아들의 바람을 이뤄주기로 하고, 생명 나눔을 결정하였다. 이대로 두면 일주일 후에 한 줌의 재로 바람에 날려가 버릴 시신을, 여러 사람에게 새 생명을 남기며 사랑을 실천하고 떠날 수 있도록 어렵지만, 소중한 결정을 내린 것이다.

신장 이식을 받기 위해 기약 없이 기다리는 사람, 연골이 닳아 수술이 불가능한 사람, 눈이 실명되어 캄캄한 나날을 보내는 사람들에게 새 생명을 선물로 주고 생을 마감한 젊은이에게 한없는 존경과 감사의 말을 전하고 싶다. 요즘 들어 뇌사 상태 때 장기를 기증하겠다고 서약하는 사람들이 많이 늘어나고 있다. 나 하나의 사랑 나눔으로 고귀한 여러 생명을 살릴 수 있는 것도 최고의 봉사라고 생각한다. 우리 회사에는 정기적으로 헌혈차가 오고 있어, 그곳에서 꾸준히 헌혈을 하였다. 또 사내 동아리인 등록헌혈봉사회에서 헌혈 독려 캠페인도 하며, 몇 년간 활동하였다. 아들 역시 헌혈하는 나를 보고서는 삼산동에 나가면 수시로 헌혈을 한다. 그러나 50번 정도의 헌혈을 하고 나니 체력의 이상을 느껴 더 이상 헌혈 봉사를 할 수 없게 되었다.

"구슬이 서 말이라도 꿰어야 보배다."

봉사, 그대에게 향기를 주면 난 꽃이 된다

실천하는 봉사, 함께 하고자 하는 삶은 너무나도 고귀하고 존귀하다. 장기 이식을 희망하는 대기자는 2020년 4만 3천여 명에서 2021년 초 기준 4만 6천여 명으로, 약 2천 800명가량 늘었다는 통계가 있다. 그러나 2020년 말, 코로나가 유행하면서 늘어나기 시작하던 장기 기증 희망자의 수는 조금씩 줄어들고 있다고 한다. 우리나라의 장기 기증 희망자는 인구의 4% 정도이고, 실제 기증과 연결되는 것은 1년에 500명이 채 되지 않는다. 등록 비율이 59%에 달하는 미국이나 장기 기증 거부 의사를 밝히지 않는 모든 국민을 기증 대상자로 보는 유럽 등에 비해서는 현저하게 낮은 수준이다.

　장기 이식을 기다리는 대부분의 환자들에게는 장기 이식만이 유일한 대안이다. 가장 부족한 장기인 신장의 경우 보통 6년의 세월이 소요되는데, 투석 치료로 대기 시간을 연장하더라도 실질적인 치료를 기대하기는 어렵다. 또한 대기 기간 동안 주변 장기가 손상될 위험도 많다. 더욱 안타까운 것은 투석 치료와 같은 방법조차 없는 심장, 간 등은 장기 이식을 꿈꾸다가 단기간에 사망해 버린다는 것이다. 실제 지금도 장기 이식만 받으면 살 수 있는 환자가 매일 6명씩 사망하고 있다. 장기 기증을 담당하고 있는 담당자가 한 말이 있다.

　"장기 기증을 당연한 것처럼 여길 수 있도록 하는 인식 개선이 필요하다."

장기 기증은 〈국립장기조직혈액관리원〉 사이트에 들어가면 쉽게 등록할 수 있다. 기증 희망 등록은 본인이 뇌사 또는 사망 시 장기나 인체 조직을 기증할 의사가 있다는 약속의 표시이다. 다만, 생전 본인의 의지대로 장기 기증 희망 등록을 했더라도 실제 기증 시점에 유가족 1인의 동의가 필수적이다. 가족이 동의하지 않으면 장기 기증은 불가하다.

장기 기증은 등록 기관으로 지정된 공공 기관, 민간 기관, 보건소, 병원 등에서 모두 가능하다. 등록 기관에 상관없이 기증 희망 등록의 효력은 모두 같으며, 통합 시스템을 통해 등록 기관에서 조회할 수 있다. 죽음이 닥쳤을 때 기증할 수 있는 장기 기증 종류로는 '뇌사 시 장기 기증', '심장사 시 인체 조직 기증' 등이 있으며, 그렇지 못할 경우 '시신 기증'을 할 수 있다. 뇌사 시 장기 기증이나 심장사 시 인체 조직 기증의 경우는 나라에서 기증 관리를 하는데, 장례식장까지 시신 이송을 무료로 해주며, 최대 540만 원까지 지원을 받을 수 있다. 그뿐만 아니라 해당 지자체에서 화장장 비용, 봉안당 안치 비용의 면제 또는 감면의 혜택을 받을 수 있다. 반면, 시신 기증의 경우에는 나라에서 관리하지 않고, 대학병원에서 자체 관리하며, 연구용으로 쓰이기 때문에 몇 개월의 시간이 걸리는 경우도 있다. 그러나 이 모든 것들이 한 생명을 구하고, 그 고귀한 생명들을 살리기 위해 노력하는 이들에게 큰 도움을 주는 뜻깊은 일이다. 2008년, 나와 아내 역시 사후 장기 기증을 함께 등록해 놓았다. 아들도 아버지의 뜻을 존중하여 생명 연장의 고귀함을 이해해주길 바란다.

인간은 억겁의 시간 속에서 찰나의 순간으로 잠시 머물다 자연으로 돌아간다. 유한한 삶 속에서 무엇이 인생이고, 어떻게 사는 것이 잘사는 길인가를 고민하지 않는 사람은 없을 것이다. 살아있는 동안 잘 사는 것은 중요하다. 그리고 떠날 때, 남아 있는 사람을 위해 선물로 주고 갈 몸이 있다는 것은 나를 위해서나 남을 위해서나 모두에게 소중한 가치이다. 생명은 무엇보다 중요하다. 그런 생명을 다른 사람에게 줄 수 있다는 것은 인생 마지막 봉사라고 할 수 있다. 그런 귀한 가치를 포기하지 말고, 장기 기증을 하자. 그것이 꺼져가는 생명의 불씨를 살리는 귀한 봉사가 된다. 이보다 아름다운 인생이 무엇이 있겠는가?

장기 이식, 내 심장이 장미라면 내가 죽었을 때 그 장미는 다른 사람의 가슴에 뿌리를 내린다. 그리고 나는 한 생명에게 장미를 선물하는 것이 된다. 어찌 향기롭지 않으랴!

PART
—
2

봉사할 일을 찾는 행복한 사람들

한울타리봉사회 창립

대구 50사단 신병 교육대에 입대하여 훈련을 받았다. 훈련소에서 도 사역(使役)이라면 가장 먼저 손을 들고 나갔던 기억이 난다. 타고난 근면이 군대에서도 어쩔 수 없이 발동했던 것이다. 훈련을 마치고 돌아온 어느 날, 조교가 훈련병들에게 작은 팁이라며 말을 걸어 왔다.

"여기 신병 교육대에서 교육을 받은 훈련생들은 거의 후방 배치되거나 전투 경찰로 배치되어 편안하게 군 생활한다."

봉사, 그대에게 향기를 주면 난 꽃이 된다

확신의 찬 조교의 말을 듣고, 우리도 별걱정 없이 퇴소를 기다리고 있었다. 그런데 퇴소식을 하루 앞둔 날임에도 불구하고, 어디에 배치된다는 말이 없었다. 뭔가 상황이 이상하게 돌아가고 있다는 생각이 들었다.

"이번 기수는 운이 없다고 생각해라. 지금부터 호명하는 훈련병은 앞으로 나와 일렬로 줄을 선다. 201 특공 여단 명단을 호명하겠다."

아니나 다를까! 조교의 말이 떨어지기 무섭게 분위기가 완전히 초상집 분위기로 바뀌었다. 그해 창설된 특공 여단이나 전방으로 배치가 된다는 말에 울고불고 난리가 난 것이다. 나 또한 동대구역으로 트럭을 타고 이동하더니 밤새 달려 도착한 역이 서울의 '성북역'이었다. 그리고 다시 춘천, 인제 원통을 거쳐 12사단으로 배치되어 30개월의 군 생활을 최전방에서 보내게 되었다. 지금 와서 생각해보면 추운 겨울 후임의 야전잠바를 세탁해준 것도, 아픈 후임의 근무를 대신 몇 번 해주었던 것도, 모두 봉사를 하기 위한 것이 아니었나 생각된다. 또 당시 구타가 심했지만, 삽질도 톱질도 잘하고, 뭐든지 먼저 나서서 한 덕분인지 군 생활을 하며 별로 맞은 적도 없었다.

1987년 3월에 전역을 하고, 현대 종합 목재 공장에서 아르바이트하며 현대자동차에 지원서를 넣었다. 그 당시에는 회사에서 일주일에 250명을 뽑아 바로 현장에 배치하는 상황이었다. 그렇기에 곧 합격하리라 생각하였지만, 지원자가 많아서인지 입사 지원을 한 지 한참 후인 11월에 합격 소식을 듣게 되었다. 이후 일주일간 연수원에서 기본 교육을 받고, 기어 가공 라인으로 배치되었다. 공고, 인문계, 상고 가릴 것 없이 모집하다 보니 장비에 대한 지식이 없어 많이 고생하며 적응하였다. 그렇게 몇 년을 일하면서 동료들과 친해진 후, 봉사 단체를 하나 만들자는 나의 제안에 많은 동료들이 공감을 해주었다. 당시 스물다섯 살 정도의 또래들이 대부분이었는데, 모두들 봉사에 대해 긍정적으로 생각해주어 다행스러웠다. 이렇게 해서 1990년 3월, 처음 만든 봉사 단체인 '한울타리봉사회'가 창설되었다. 이후 같은 라인에서 일하는 동료, 그리고 주위의 소개로 동참 의사를 밝힌 직원들에게 찾아가 인사를 하고, 고마움을 표시하면서 친분을 쌓았다. 그렇게 회원 수는 늘어났고, 몇 개월이 지난 후, 회사 앞에 있는 식당에서 10명이 참석하는 첫 모임을 가졌다. 내가 회의를 주재하고, 서로 자기소개를 하면서 봉사 모임의 취지와 방향 등을 이야기하였다. 그리고 그때, 친구 인호가 갑자기 일어나 대뜸 말을 이어갔다.

"입사 동기 현섭이가 봉사 단체를 결성하자는 말에 이 모임이 만들어졌습니다. 그래서 현섭이가 총무를 하고, 가장 연장자인 황원식 형님이 회장을 하면 어떻겠습니까?"

봉사, 그대에게 향기를 주면 난 꽃이 된다

뜬금없는 말이었지만 모두가 좋다고 동의하였고, 그렇게 하기로 결정하였다. 그리고 회원들의 박수로 한울타리봉사회는 본격적으로 시작되었다. 또래 입사자들이 많았고, 모두가 젊은 나이이다 보니 의욕이 대단했었다. 봉사 기금을 전달하러 갈 때는 많은 회원들이 참석하는 열의를 보여주었다. 봉사 활동이 생소하고 남을 돕는다는 것이 어색했던 시절, 선뜻 함께해 준 최함철, 최중식 형님, 최종희, 김인호, 홍정대 친구, 이운우 씨 장희인 과장님 등 이루 열거할 수 없을 만큼 많은 사람이 순수한 열정으로 함께 하였다. 그리고 그것이 33년이 지난 오늘날까지 한울타리봉사회가 지속될 수 있게 한 큰 힘이 되었다.

자신도 풍요롭지 않던 시절에 남을 돕기 위해 함께 해준 동료들은 가난을 직접 경험한 산 증인들이었다. 당시 월급이 20만 원 정도밖에 되지 않았는데도 기부를 하기 위해 만원씩 나누었다. 결코 쉬운 일이 아니었음에도 누구 하나 아쉬워하지 않았다. 봉사를 하면서 생색내고 보여 주기식 행동이 이어졌다면, 현재 빈 껍질의 쭉정이로 남아 있을 것이다. 내가 8년간 총무를 하고 부서를 옮길 때부터 지금까지 총무를 맡아 열정을 쏟고 있는 김인호 친구, 연장자라서 회장을 맡아 현재까지 말뚝 회장직을 유지하고 있는 황원식 형님, 그리고 많은 동료들까지. 모두가 지금까지 꾸준하게 자원 봉사를 실천하고 있다.

기억에 남는 일이 있다. 2004년 1월부터 2006년 1월까지 꾸준하게 방문하며, 매월 10만 원과 분기별로 쌀 20kg을 지원해주었던 어르신이 있었다. 야음동 재개발 지역에 있어서 언제 쫓겨날지 모르는 불안한 마음으로 살아가고 있던 이 어르신은, 우리가 처음 방문했을 때만 해도 불안한 기색이 얼굴에 선명하였다. 그러나 점차 시간이 지나 취업을 못하던 둘째 아들도 택시 회사에 취업을 하고, 우리의 작은 도움까지 합쳐져 조금씩 안정을 찾아갔다. 어르신의 어린 손자는 어느새 우리가 방문할 때면, 두 손을 모으고 "안녕하세요. 삼촌!" 하며 안길만큼 많이 자랐다. 이 어르신 댁에는 늘 가족들과 함께 갔는데, 어르신의 손자들과 우리 아이들이 함께하는 것이 아이들의 성장에 많은 도움이 되었다고 생각한다.

우리가 도움을 주기 전까지 이러한 분들은 열악한 현실 속에서 얼마나 고통스러운 나날을 보내고 있었을까? 현실이 나아지지 않는 상황에서 우리의 작은 도움이 큰 희망이 되었으리라 믿고 싶다. 내가 이러한 분들에게 더욱더 마음이 가는 이유는 나 역시 어릴 적, 도화지 살 돈이 없어서 미술 시간이 되면 늘 뒤에 꿇어앉아 팔을 들고 벌을 서 본 너무나 슬프고 아픈 경험이 있기 때문이다. 문득 장희인 과장님이 생각난다.

"현섭아 나도 그 봉사 모임에 가입하면 안 되겠나?"

어느 날, 나의 등을 두드리시며 봉사의 마음을 전한 장희인 과장님

봉사, 그대에게 향기를 주면 난 꽃이 된다

이 퇴직하신 지도 몇 년이 흘렀다. 변함없는 열정, 바쁜 회사 생활에서도 경조사에는 두말하지 않고 함께 해주시던 모습이 눈물을 머금게 한다. 봉사는 사람을 눈물짓게 하고, 양보하게 하고, 배려하게 만들어 진정한 어른으로 성장시키는 힘이 있다. 봉사라는 말만 들어도 가슴이 설레고, 뭘 하면 좋을까 하는 마음부터 생긴다. 한울타리 봉사회 회원들은 나를 기쁘게 하고, 나에게 행복 바이러스를 전파하는 삶의 동반자들이다. 예나 지금이나 봉사는 시대를 초월하는 진리라는 것을 슈바이처 박사가 인증해준 것 같다.

"나는 당신이 어떤 운명으로 살지 모른다. 하지만 장담하건대 정말 행복한 사람은 어떻게 봉사할지 찾는 사람이다"

- 알버트 슈바이처(Albert Schweitzer)-

청죽봉사회

    첫 발령지인 변속기 사업부에서 한울타리봉사회를 만들었다. 당시에는 토요일, 일요일도 없이 일하던 시기였다. 노동조합이 이제 막 생겼고, 정착이 되기 전이다 보니 회사가 시키면 시키는 대로 일할 수밖에 없었다. 조장과 작업을 하던 중, 허리를 삐끗했다. 괜찮아지겠지 하며 일하는 데도 나아지지 않았다. 결국 휴직계를 내고 치료를 받으러 다녔다. 그러나 호전은 되지 않았고, 여기서 계속 일하다가는 허리와 건강을 더 망칠 것 같아서 주간 근무하는 곳으로 부서 이전을 신청하였다. 산재가 금기시되던 시기였기에, 반장은 산재 신청은 말도 안 된다며 펄쩍펄쩍 뛰며 욕을 했다.

부서에다는 다른 곳으로 가겠다고 이야기를 해놓고, 지인들을 만나 다른 부서를 알아보았다. 이곳저곳 알아보던 중, 넝쿨한우리 회원인 김평철 형님이 있는 부서로 부서 이동 신청을 하였다. 이전 부서에서 3년도 근무하지 않고 부서를 옮긴 셈이다. 그렇게 이동한 부서는 버스 신차를 개발하는 부서였는데, 여기는 기어 가공 공장과는 다른 조용한 부서였다. 사람도 그렇게 많지 않았고, 절삭유 냄새와 먼지도 나지 않는 말 그대로 연구소였다. 여기서 차영배, 손태의, 김종인, 김일용, 이한주, 김경규, 금효섭 선배와 많은 동료들의 도움으로 두 번째 봉사 단체인 '청죽봉사회'를 만들었다. 이름은 내가 제안해서 푸른 대나무처럼 변하지 않는 봉사 단체가 되자는 의미로 '푸를 청(靑)', '대나무 죽(竹)', 청죽으로 지었다. 청죽봉사회는 현재 30년의 역사를 바탕으로 어려운 이웃을 발굴하여 돕는 지역 사회의 모범 봉사회로 자리 잡았다.

최근 몇 년 전부터 회사의 지원금을 받고 있지만, 순수한 봉사자의 뜻은 변하지 않고 지켜가고 있다. 현대자동차 울산 공장에는 57개의 봉사 단체에서 1천여 명의 봉사자들이 활동하고 있으며, 현대자동차 노사는 노사 합의로 매년 40억 원의 사회 공헌 기금을 조성하여 운영하고 있다. 지역 사회의 어려운 시설은 물론이고, 전국의 교통사고 유자녀 돕기 등 음지와 양지에서 다양한 사업을 펼치고 있다. 회사는 지금까지 사회 공헌 기금 650억 원을 조성하여 전국에 도움을 필요로 하는 사람, 단체 등을 지원하고 있다.

웃음 치료 봉사는 요양원이나 복지 시설에 방문하여 어르신이나 그곳에 있는 친구들의 무료함을 달래주고, 고민을 들어주는 봉사이다. 즉, 함께 이야기를 나누고 웃음을 선사하는 봉사인 것이다.

도배 및 장판 교체 봉사는 가장 힘이 많이 들고, 많은 시간이 소요되는 봉사이다. 그러다 보니 사원들의 참여가 쉽지 않다. 그래도 가족 중심으로 참여하여 10여 년을 이어가는 단체도 많이 있다. 목욕 봉사와 도배 및 장판 교체 봉사는 다른 봉사에 비해 긴 시간을 이어가지 못하고 중도 하차하는 것이 대부분이다. 하지만 청죽봉사회는 힘든 목욕 봉사를 꾸준히 이어가고 있다. 이 분야에서 10년 이상 봉사했다면 당연히 칭찬받고 존중받을 만한 봉사 단체라 할 수 있다.

풍선 봉사는 어느 곳이든 선호하는 1순위 봉사 종목이다. 수많은 행사마다 풍선 아트만큼 시각적인 효과를 주면서, 동시에 분위기를 띄우는 것은 찾기 어렵다. 또한 미리 1년 계획에 따라 봉사 단체와 먼저 계획을 세워야 한다. 많은 시간과 인원이 필요한 봉사라 사전 계획이 필수이다.

회사 내의 취미 단체가 회사의 지원금을 받기 위해서는 조건이 맞아야 한다. 그 조건 중에는 봉사와 기부가 들어가 있다. 처음에는 개인 취미 형태의 모임으로 출발한 단체가 회사의 지원금을 받을 수 있는 조건을 충족하기 위해 봉사나 기부를 하기도 한다. 그러다 보니 봉사와 취미를 겸한 단체도 생기게 되었다. 어찌 되었든 봉사하고 기부할 수 있는 조건을 만든 것은 회사의 이미지 개선과 홍보에도 효과적인 것 같다.

봉사도 해보면 재미가 있고, 봉사하는 날이 기다려진다. 하지만 봉사하기 위해 찾아오는 사람은 많지 않다. 그래서 주위를 살피며 함께 봉사하기를 독려하고 있다.

청죽봉사회에는 퇴직한 사람은 많고 젊은 회원은 몇 명 되지 않는다. 그래서 늘 신입 회원 영입을 위해 다양한 방법을 써가며 유도하고 있지만, 쉽지 않다. 밥도 사주고 술도 한잔하면서 설명해도 확실한 답을 주지 않는 것이 대부분이다. 먹고 살기도 어려운 현실에서 봉사하려는 마음을 내기란 쉽지 않다. 이해한다. 하지만 이제는 정부가 좀 더 적극적으로 나서야 한다. 정부나 지자체, 회사 등 모두가 참여한 제도 개선이 필요하다. 봉사 활동이 사회의 한 축이 되어야 함을 인지하고 빠르게 개선해 나가야 한다. 봉사자가 줄어들수록 어려운 사람은 더 어려워지며, 더욱더 힘든 삶을 살아야 한다. 그리고 결국, 이러한 역할을 정부가 떠맡을 수밖에 없게 된다.

오동주 회원의 결혼식

　오동주 회원이 결혼을 했다. 그가 넝쿨한우리봉사회에 가입한 때가 결혼하기 5년 전으로 기억이 된다. 너무나 평범하고 조용한 성격이라 처음 가입할 때가 잘 기억나지는 않는다. 그는 넝쿨한우리봉사회에 가입하고 얼마 지나지 않은 후부터 나와 함께 버스에 탑승하여 조수 역할을 수행하였다. 또 그는 달동 아주머니 댁을 방문하면서 넝쿨한우리봉사회의 회지 편집장 역할도 담당하였다. 평소 수수한 모습과 낡은 차를 끌면서 검소하게 생활한다는 것은 알고 있었지만, 버스 운전을 할 때 그와 많은 이야기를 나누어 보니, 요즘 젊은 사람과 아주 다르다는 것을 알게 되었다.

손민수 회장과 나는 신부 측이 제공한 버스를 타고 울산을 떠나 대전으로 출발하였다. 장마가 다시 시작되어 많은 비가 올 거라는 기상대 예보가 먼 길을 떠나는 우리를 걱정하게 하였다. 결혼식이 오후 두시라 쉬엄쉬엄 휴게소를 돌며, 예식 장소인 대전 경복궁 예식장에 도착하였다. 한여름이라서 예식은 오동주 회원 결혼식 하나뿐이었다.

충청도 말씨의 느릿느릿한 사회자의 진행으로 결혼식이 시작되었다. 신랑은 어느 쪽에서 신부의 손을 잡고 맞이해야 할지 몰라서 왔다 갔다 하였고, 그런 귀여운 신랑의 모습에 하객들은 웃음을 터뜨렸다. 엄숙한 성혼 선언문 낭독 이후, 오동주 회원이 대학과 대학원에서 조교로 지내며 모셨던 교수님의 일장 주례사가 시작되었다. 학생을 가르치고 또 연구하는 학자답게 원칙을 중요시하며 잘 살라는 당부를 몇 차례 하였다.

결혼식이 끝나고 주례사 선생님을 우연히 만났다.

"너무나 겸손하고 훌륭한 제자를 두어 저희도 기분이 좋습니다."
"하하, 그런가요? 대학 시절부터 성실했던 학생이었고, 자전거를 타고 통학할 만큼 검소한 학생이었습니다."

버스를 타고 울산으로 오는 길에 오동주 회원에 대한 여러 가지 생각이 떠올랐다. 늘 자신을 드러내지 않고 묵묵하게 열심히, 그리고 꾸준히 봉사 활동을 해왔던 그러한 모습들은 단기간에 만들어진 것이 아니라, 오랫동안 지속된 봉사 생활이 있었기에 가능한 것이라는 생각이 들었다. 넝쿨한우리봉사회에 이런 훌륭한 회원이 있다는 사실이 큰 재산이 아닐까? 결혼식에 더 많은 회원이 참석하지 못한 점 이해해주리라 믿으며, 조금 늦은 나이의 결혼인 만큼 열심히 최선을 다해 잘 살아주길 바랄뿐이다. 몇 년 후에는 2세와 함께 가족이 참여하여 봉사하는 아름다운 날이 오리라 생각한다.

봉사, 그대에게 향기를 주면 난 꽃이 된다

전영배 회원이 우리 곁을 떠났다

바버 샵 창립의 일등 공신인 전영배 회원이 우리의 곁을 떠났다. 그는 몇 년 전부터 넝쿨한우리봉사회에도 가입해 미용 봉사와 함께 다른 봉사 활동을 할 만큼 남을 도울 줄 아는 가슴 따뜻한 친구였다. 이·미용 봉사와 목욕 봉사를 마치고 며칠 지나지 않았을 때, 그는 야간 근무를 하다 머리가 아파와 새벽 1시에 집으로 돌아갔다. 그리고 두통약을 복용하고 잠을 청했다. 평소 고혈압 약을 먹고 있어서인지 별것 아닌 두통으로 여겼다고 한다. 그러나 아침이 되어도 두통은 사라지지 않았고, 머리가 너무 아파서 태화동에 위치한 동강병원을 찾아갔다. 그리고 그곳에서 너무나도 안타깝게 이미 뇌출혈이 온 상황이라는 것을 듣게 되었다.

평소 전영배 씨는 소주나 맥주 한 잔이면 얼굴이 붉어져 술을 잘 먹지 않았다. 그런데 얼마 전 11월 봉사 때는 평소와 다르게 맥주를 몇 잔 더 마시며, 건배사까지 하였다.

"회원 여러분 올 한 해가 얼마 남지 않았습니다. 내년에도 더 건강하게 봉사를 함께하길 기원합니다. 바버 샵을 위하여."

이것이 전영배 씨의 마지막 모습이 될 줄은 바버 샵 회원들을 포함해 아무도 몰랐다. 보름 정도 병상에 누워있던 그와 살아생전 마지막 면회를 했다.

"영배 씨 좀 어떠신가요? 힘내시고 빨리 일어나세요. 회원 여러분이 많이 기다리고 있습니다."

내 말에 그는 초점 없는 눈으로 힘겹게 대답했다.

"현섭 씨 고맙습니다."

봉사, 그대에게 향기를 주면 난 꽃이 된다

이게 고마운 일인가. 너무나 슬프고 안타깝고 가슴이 아파왔다. 영배 씨의 뇌출혈 부위는 보름 만에 거의 사망하는 예후가 좋지 않은 자리라고 그의 아내가 이야기를 해주었다. 그의 가족은 그 말을 믿을 수 없어 자료를 들고 백방으로 다른 병원을 찾아 돌아다녔다.

"모두가 똑같은 대답을 하네요. 이제 어떻게 해야 합니까?"

영배 씨 부인은 목놓아 울었다. 그렇게 영배 씨는 결국 우리의 곁을 떠났다. 영배 씨가 생전에 쓰던 이발 기계와 가위를 영전에 올려놓고, 나는 또 한 번 쓰린 마음을 추스렸다. 넝쿨한우리 회원이자 나와 동갑이고, 자격증 공부를 같이하며, 봉사의 길을 같이 가기로 했던 멋진 친구를 더는 볼 수 없다는 현실이 야속했다. 신을 원망했고, 2박 3일 동안 내 친구의 모습을 더 이상 볼 수 없다는 사실이 뇌리를 떠나지 않고, 나를 힘들게 만들었다.

장례 기간 동안 함께 하며, 경주에 있는 공원 묘원으로 가 그의 마지막 길을 배웅했다. 그날따라 왜 그렇게 눈이 많이 쏟아지는지, 하얀 눈이 원망스러울 뿐이었다. 김송규 씨와 나는 돌아오는 길에 경주 불국사역 중국집에서 술을 한잔하면서 마지막 슬픔을 달랬다.

10년이라는 시간은 빠르게 흘러 함께했던 형님 누님들을 한 분 한

분 퇴직하게 만든다. 코로나19가 발생하기 전인 2019년까지는 송년
회 겸 퇴직자 송별회를 하며, 한 해를 마무리하였다. 봉사를 마치고
펜션 하나를 잡아 기타를 치고, 하모니카 연주를 하며, 일 년을 함께
한 회원에게는 봉사의 노고를, 퇴직하는 회원에게는 축하의 노래를
함께 불렀다. 최의식, 강민구 회원은 기타를 아주 잘 친다. 나는 뒤에
서 치는 흉내만 내며 분위기를 맞춘다. 나도 요즘 기타를 열심히 배
우고 있다. 두 분과 함께 멋진 공연을 할 날이 하루빨리 왔으면 좋겠
다. 2020년을 끝으로 퇴직을 하신 김영숙 누님, 윤만봉 회장님, 최수
호 형님에게는 송년회도 못 해 드린 점이 여전히 죄송스러우며, 아쉬
운 마음이 크다.

올해 11월에 바버 샵이 20주년을 맞는다. 부디 코로나19가 잠잠해
져 2년 동안 가지 못한 봉사를 다시 시작하고, 3명의 선배님 환송회
도, 그리고 바버 샵 20주년 행사도 멋지게 할 수 있길 기대해 본다.

"봉사는 결코 멀리 있지 않고, 내 가까운 곳에 있다."

슬픔을 안 좋은 것이라고만 생각하였다. 하지만 죽는 날까지 봉사
하며 살다 간 전영배 회원을 보내며, 슬픔도 아름다울 수 있다는 것을
느꼈다. 봉사자의 마지막은 죽음마저도 아름다운 향기로 내 가슴 가
득하게 남았다.

봉사, 그대에게 향기를 주면 난 꽃이 된다

현대자동차 자원봉사센터

1994년 마북리 연구소로 이전하니 고등학교 선배인 정돌만 선배님이 계셨다. 그 당시에 아프리카에 봉사를 다녀올 만큼 봉사에 대한 열의가 대단한 선배였다. 회사의 지원금이 아니라 순전히 사비로 다녀왔으니 감탄사가 절로 나왔다. 진정 위대하고 앞선 생각을 가지신 분이라고 생각했다. 오정수 과장, 이맹섭 대리, 권택성 과장, 이원수 과장 등 많은 사람이 발기인이 되어 현대자동차 자원봉사센터를 만들었다. 창립 회원인 정돌만 선배님은 사업을 위해 퇴사하셨고, 오정수 과장이 중심이 되어 1996년 4월부터 회칙을 만들었다. 그리고 회원 모집을 통해 당해 10월 26일 문화 회관에서 창립총회를 열었다. 오정수 회장님은 회장 수락 축사를 통해 다음과 같은 말씀을 하셨다.

"회사 생활을 하면서 후배들에게 뭔가 남겨주고 떠나야 할 것 같아 현대자동차 자원봉사센터를 만들게 되었습니다. 오늘 10월 26일은 1909년 안중근 의사가 하얼빈 역에서 이토 히로부미를 암살한 의미 있는 날입니다. 그렇기에 대한민국 역사에 중요한 날이기도 합니다. 안중근 의사가 나라를 위해 몸을 바쳤다면, 우리는 오늘 사회에 뭔가 의로운 일을 하기 위해 여기 모였습니다. 꾸준히 발전하여 10년, 30년, 50년이 되는 그날까지 이어졌으면 하는 바람입니다."

오정수 초대 회장님은 고졸로 입사하여 대한민국 제안 왕, 대한민국 명장까지 오른 현대자동차의 산증인 중 한 명이다. 사장상부터 대통령상 3회 수상까지 대한민국의 상이란 상은 다 받으셨다. 울산 남구 삼산동 거리에는 오 회장님의 명판이 부착되어 있기도 하다. 퇴직 후에는 전국으로 강연을 다니며, 후배들을 양성하고 계신다. 또 울산 마이스터고가 생긴 초창기부터 나와 함께 13년째 멘토링을 하고 계신다. 봉사 활동이나 연장자로서도 많은 것을 배웠고, 존경하는 분으로 모시고 있다.

현대자동차 자원봉사센터는 급여에서 1,000원을 공제하여 모인

봉사, 그대에게 향기를 주면 난 꽃이 된다

회비를 장애인 지원과 어려운 이웃을 위해 사용한다. 회사 안에는 24개의 식당이 있는데, 점심시간을 이용하여 여러 곳의 식당을 돌아다닌다.

"여러분의 성금으로 장애인을 도와주시면 고맙겠습니다. 사원 여러분의 작은 정성이 큰 힘이 될 것입니다. 참여해 주셔서 감사합니다."

어깨에 띠를 두르고, 모금 활동을 진행한다. 한때는 1천 4백 명의 회원이 기부에 동참해 1년에 2천만 원까지 모금한 적도 있다. 지금은 퇴직자가 많아 금액은 줄어들었지만, 여전히 우리 활동에 지지와 격려를 아끼지 않는다.

1997년부터 울산광역시 지체장애인협회와 함께 휠체어를 타는 장애인과 함께하는 체육 대회를 진행하고 있다. 1997년 11월 15일, 제1회 울산 휠체어 장애인 체육 대회가 열렸다. 초창기에는 각 구별로 선수와 가족 300여 명과 현대자동차 자원봉사센터 가족 70명, 자원봉사자 50명 등 400여 명이 참석하였다.

울산 시청 옆에 있는 종하체육관을 대여하고 행사 몇 달 전부터 준비했다. 그때는 이벤트 회사도 없었고, 앰프를 빌려주는 데도 없었기에 내가 가지고 있는 앰프 스피커를 동원하고, 최춘기 회원이 직접 사

회를 보며, 북치고 장구도 쳐야 하는 등 정신이 없었다.

　시간이 지나 이 행사는 범위가 더 넓어져 울산 전체 장애인을 대상으로 하는 큰 행사로 자리 잡았다. 운동 도구를 장만하고, 음향 시설을 대여하고, 식사를 예약하는 등 몇몇 되지 않는 임원들이 동분서주(東奔西走)하며 준비했다. 사물놀이 패의 길놀이로 본 행사가 시작되면, 먼저 영세 장애인 보조금 전달식을 진행한다. 그리고 이어서 장애인 극복 사례 발표, 선수 선서 등이 진행되고 난 뒤, 본격적인 경기가 시작된다. 휠체어 릴레이, 휠체어 탁구대회, 가족과 봉사자가 함께 참여하는 줄다리기는 가장 치열한 경기 중의 하나이다. 한 치의

봉사, 그대에게 향기를 주면 난 꽃이 된다

양보도 없는 각축전이 벌어진다.

2부에는 봉사자들이 휠체어를 타고 릴레이를 체험하는 행사가 이어진다. 휠체어 릴레이를 통한 일반인의 체험이 장애인을 이해하는 데 많은 도움이 된다고 하여, 이 종목은 20년 넘게 계속 이어지고 있다.

3부는 여흥의 시간이다. 노래 자랑, 장기 자랑 등 미리 각 지회별로 참석할 사람들이 정해져 있지만, 생떼를 쓰며 노래를 시켜 달라는 분들도 계셔서 진땀을 뺄 때도 종종 있다. 순수한 그분들의 마음을 거절할 수 없어 3부가 되면 시간은 벌써 호박엿이 되어 예정 시간을 넘긴지 오래다. 음료, 과일, 떡, 초코파이, 사탕 등이 담긴 봉지를 장기 자랑 시간에 나누어 준다. 수육, 오징어무침, 물가자미(가자미) 무침 등을 안주로 해 삼삼오오 캔맥주와 소주를 마시며 여흥을 즐긴다. 한 어르신이 나를 불러 세운다.

"사무국장님, 그리고 현대자동차 직원 여러분 정말 감사드립니다."

후원 회원들의 순수한 성금을 모아 이런 행사를 진행하지만, 어르신들은 우리 자체를 현대자동차로 본다. 어르신들의 눈에는 우리가 현대자동차 홍보 사원이고, 영업 사원인 것이다. 이 날은 장애인과 함께하며, 그분들의 삶 일부를 느껴보고, 또 하루를 체험하는 알찬 프로그램이다. 지금은 고인이 되신 권영도 울산 지체 장애인 회장님의 인사말이 생각난다.

"여기 오신 회원이나 가족 여러분, 장애인들을 위해 물심양면으로 노력하시는 현대자동차 자원봉사센터 오정수 회장님 이하 임원 여러분에게 감사의 박수를 보내주세요. 정말 여러분들의 마음을 헤아려 주시는 소중한 분들입니다."

오래 함께하지 못하고 세상을 떠나신 권영도 회장님께 그동안 감사하고 행복했다고 전해드리고 싶다. 울산 자원봉사센터 센터장을 역임하고, 지금은 울산 장애인 1체육관 관장으로 계시는 김순제 관장님도 당시 지체장애인협회 실무를 담당하면서 함께했던 기억이 생생하다. 당시에는 회사의 지원이 없어 재정이 열악했지만, 순수한 봉사의 의미 하나로 뭉쳤고, 몸을 사리지 않는 열정으로 봉사했다.

봉사, 그대에게 향기를 주면 난 꽃이 된다

장애인과 함께하는 체육 대회가 가장 큰 행사였고, 그 외에도 다양한 사업을 진행하였다. 극빈 장애인 가정 생계비 지원, 나환자촌이 있는 경북 영덕의 신애원 및 경남 산청의 성심원 봉사와 성금 지원, 태화강 환경 정화, 자연 보호 캠페인, 울주군 소재 장애인 시설 수연 어린이집 5년간 방문 및 봉사 등 정기적으로 많은 활동을 하였다. 또한 거리, 지역을 정하지 않고 지원하였다. 현대자동차 자원봉사센터의 지원 금액을 합산해보니 1억 5천만 원은 족히 넘음을 확인할 수 있었다. 오정수 회장님은 개인적으로 1,000만 원의 성금을 기부하여 어려운 장애인 세대 생활비를 지급해 주었다. 장애인 체육 대회 시 줄다리기하는 줄이 필요해 나 역시 50만 원을 지원하기도 하였다. 그때 마련한 줄은 온갖 행사에서 아주 유용하게 쓰이고 있다.

가장 기억에 남는 행사 중 하나는 2002년 8월 2일, 지체 장애인들과 1박 2일로 포항 해병부대에 방문한 행사다. 지체 장애인 회원과 봉사자 가족 등 100여 명이 참석하여 해병부대 체험과 수륙 양용차 시승도 해보는 정말 의미 있는 행사였다. 병영 막사에서 하룻밤을 지내며 장애인의 보호자가 되어 소중한 행사를 마무리하는, 기억에 남는 체험이었다. 해병대 캠프에서의 1박 2일 행사의 호응이 너무 좋아서 울산 진하해수욕장에서도 1박 2일 장애인 캠프를 열어 큰 호응을 얻기도 하였다.

오정수 회장님이 10년을 이끌어 오면서 현대자동차 자원봉사센터는 정말 많이 성장하였다. 또 후원 회원들이 있었기에 오늘을 이어가는 디딤돌로 작용한 것 같다. 지체 장애인을 대상으로 하던 체육 대회를 울산광역시 장애인총연합회와 연계하여 또 다른 봉사를 시작하였다. 지체장애인협회의 내부 사정으로 잠시 중단된 사이, 2009년 김철광 전 지체장애인협회장이 장애인총연합회 회장으로 계실 때, 인연이 되어 2010년부터 지금까지 장애인 체육 대회를 매년 10월에 실시하고 있다. 그리고 10년째 이어지는 목욕 봉사는 울산 마이스터고 등학교 학생들과 함께 북구 현대요양원에서 꾸준히 진행하고 있다.

장애인총연합회와 함께하는 체육 대회는 울산 마이스터고 학생 40여 명이 참석하여 장애인들의 수족이 되어 하루를 함께한다. 300여 명이 참여하는 이 행사에도 휠체어 체험은 일부러 넣는다. 학생들이 휠체어를 체험하고 경기도 하면서 장애인이 느끼는 불편을 직접 체험하여 장애인에 대한 인식 개선을 하기 위함이다. 울산 마이스터고 학생들을 대상으로 한 설문 조사에서 '경험해 본 봉사 활동 중에서 가장 의미 있고 좋았던 봉사가 무엇인가?'라고 물었더니, 많은 학생들이 '장애인과 함께하는 체육 대회'라고 대답하였다.

학생들은 매월 둘째 주 일요일 어르신 목욕 봉사 참여와 매년 열리는 장애인 체육 대회에 거의 한 번씩은 참여했기 때문에 압도적으로 사랑을 받는 것 같다. 매년 체육 대회 행사 자원봉사자를 모집하면, 선발하여 봉사자를 뽑을 만큼 많은 학생들이 지원한다. 이처럼 어린

봉사, 그대에게 향기를 주면 난 꽃이 된다

학생들에게 봉사의 이미지를 깊게 심어주는 것이 이 행사의 큰 의미 중 하나라고 생각한다. 또한 신승걸 장학사님은 6년 동안 매월 둘째 주 일요일 실시하는 목욕 봉사와 매년 실시하는 장애인 체육 대회에 인솔자로 한 번도 빠지지 않고 학생들과 함께해주셨다. 이 자리를 빌려 고마운 마음을 전한다. 요즘 시대에 보기 드문 참 교사를 만나서 나도 행복하다.

봉사를 경험한 사람들이 봉사를 다시 시작한다. 봉사의 참맛을 알아 버렸기 때문이다. 학생 때 봉사 정신을 가진다면, 평생 그 정신이 이어질 것이다. 직접 봉사든, 기부하는 간접 봉사든 자신이 할 수 있는 것을 찾아서 할 것이다. 그것은 이타 정신을 의미하며, 이타 정신이 많은 사회는 그만큼 풍요로운 사회가 된다. 봉사만큼 좋은 교육은 없다.

나의 영원한 친구 오용원 너무 보고 싶다

고등학교 친구이자 나의 봉사 활동을 밀어주고 함께했던 친구, 남을 먼저 생각하며 양보와 배려를 실천하고 나누는 친구여서 더 그립고 애달프다. 그가 유명을 달리한 지 10년이 지난 지금도, 그를 생각하면 가슴이 먹먹하고 콧등이 시큰해진다. 나의 분신처럼, 그리고 자석처럼 늘 함께하던 내 소중한 친구, 10년을 남을 위해 봉사하고 세상을 떠났다.

그의 아들 상진이도 봉사하는 아버지를 따라다녔다. 상진이는 지금도 열심히 봉사하며, 잘 살고 있다. 2010년 9월 4일 토요일 오후 4

봉사, 그대에게 향기를 주면 난 꽃이 된다

시, 용원이와 같은 공장에서 근무하는 영준 친구에게서 전화가 왔다.

"큰일 났어. 용원이가 출근하다 회사에서 교통사고를 당해 울산대
학교 병원으로 갔대."
"뭐? 확실한 거야?"
"부서 사람들이 출근하다가 용원이가 맞는 것 같다고 했어. 빨리
가봐라."

정자동에서 아내와 볼일을 보고 있다 바로 병원으로 갔다. 정말인
가 싶어 얼른 확인했다. 현실이었다. '회사 내에서의 교통사고인데 설
마' 하고 갔지만, 정말 숨을 쉬고 있지 않았다. 싸늘한 시신을 붙잡고
멍하니 하늘만 보다 응급실을 나왔다.

"아저씨 우리 아버지 맞아요."

상진이가 울며 들어왔다. 용원이는 그날, 출근하기 전 경주에 있는
형님과 다음 날 아침 벌초를 하러 가기로 약속을 했었다. 그런데 이
런 어이없는 일이 일어난 것이다. 4일의 장례 기간 동안 부서 사람들
과 야간 근무를 마치고 매일 찾아갔다. 친구를 잃은 슬픔으로 정신을
놓고 있던 그때, 용원이와 같은 부서의 직원이 말을 걸어왔다.

"이번 가을에 남해로 조 여행을 가기로 했습니다. 용원이가 계획을 세우고, 날짜까지 다 잡아놓았는데…. 정말 좋은 친구였기에 너무나 안타까워 매일 오고 있습니다."

가을비가 억수같이 쏟아지는 날, 나는 가슴 속에 친구를 묻었다. 그와 함께했던 시간을 회상하며, 눈물을 흘렸다.

넝쿨한우리봉사회는 매년 7월, 태연재활원에 봉사를 하러 가기 하루 전 바닷가에서 MT를 한다. 30여 명의 회원이 가족 단위로 참여하여 족구도 하고, 밤에는 토론도 하며, 하루를 보낸다. 그 날은 펜션이 아닌 선배가 휴식처로 사용하는 곳을 하루 빌렸다. 용원이는 밤샘 근무를 하고 잠도 자지 않은 채, 농수산물센터에서 생대구를 사 와서 다듬고 있었다. 그리고 청소를 하고 주위를 정리하며, 회원들을 맞이하였다.

"용원아, 한숨 자고 오후에 오라고 했잖아"
"농수산물센터에 가니까 생선이 너무 좋아서 사 왔다."

빙긋이 웃는 그의 옆에 아들 상진이가 서 있다. 아버지가 가는 곳이면 어디든 따라오는 실과 바늘 같은 부자이다.

봉사, 그대에게 향기를 주면 난 꽃이 된다

"내일 아침은 남자 회원이 준비할 테니 늦게 일어나도 됩니다."

여자 회원들의 '와~'하는 소리와 함께 손뼉 소리가 적막을 깼다. 밤은 깊어가고 모두 취기가 올랐다.

"자! 지금부터 장기 자랑 시간이 이어지겠습니다."

총무 이수민이 분위기를 잡았다.

"비바람이 치던 바다~ 잔잔해져 오면~ 오늘 그대 오시려나~ 저 바다 건너서~~"

그렇게 밤은 깊어 가고 파도 소리도 잔잔해졌다. 새벽 다섯 시 반, 밖이 시끄러워 일어나니 용원이가 아침 준비를 한다며 마늘을 찧고 있었다. 정말 대단한 친구라는 생각이 문득 들었다. 아침 6시, 취기가 가시지 않은 남자 회원들이 하나둘 나와 친구의 지시에 따라 움직이기 시작하고, 얼큰한 대구탕 국물에 해장하며, 봉사를 준비하였다.

오전 10시, 차량 배정을 완료하고 태연재활원으로 가서 재활원 친구 30명을 태워 왔다.

"오늘 봉사는 주상절리를 산책하고, 점심으로 삼겹살을 구워 먹도록 하겠습니다."

태연재활원 친구들의 함성이 울려 퍼졌다. 한여름이지만 견딜만한 더위라 아이들이 좋아하는 삼겹살을 준비하였다. 회원들에게 미리 장아찌나 김치 등을 가져오도록 해서 소풍 분위기를 내고자 하였다. 삼겹살 20kg을 준비하고 버너도 가져오도록 했다. 누구나 가장 좋아하는 메뉴가 짜장면과 삼겹살이 아니겠는가. 여기 친구들도 다르지 않다. 현대자동차 관성 하계휴양소에서 짜장면을 먹는 행사도 두 번이나 했다. 김정민 회원이 요리사라 모든 음식을 즉석에서 만들었다.

80여 명이 모이다 보니 회사에 미리 협조 공문을 보내 가스버너와 평상 등도 확보했다. 회사의 협조가 아니면 불가능한 행사였다. 짜장면 행사뿐만 아니라 수영장도 이용하고, 평상 대여도 수시로 협조해 주는 등 많은 도움을 받았다. 지역 사회에서 기업이 해야 할 당연한 덕목이다. 아주 고마운 일이다. 작은 수영장이지만 장애인에게는 큰 사고로 이어질 수 있어 각별하게 신경을 더 썼다. 구조 대장을 맡고 계시던 김진목 회장님도 수고를 많이 하셨다. 이 글을 빌려 회사와 구조 대원 여러분, 그리고 김진목 회장님께 감사를 전한다.

이러한 활동을 할 때마다 오용원 친구가 늘 함께했다. 친구는 넝쿨한우리회 봉사뿐 아니라 현대자동차 자원봉사센터에서도 5년간 봉사했다. 매월 둘째 주 일요일, 울산 마이스터고 학생들과 협업해 요양원 방문 목욕을 해 드리는 봉사였다. 그는 인문계고를 졸업했지만, 전기 관련 일이나 용접 등 못 하는 게 없는 만능맨이었다. 처가가 전남 광양이고, 처부모님이 일찍 돌아가시다 보니 명절 때면 같이 산행을 하며 많은 시간을 함께 보냈다. 그해 8월 2일 여름, 용원이는 큰아들 상후의 면회를 갔다가 서울에서 오는 길이라고 했다. 아들이 담배를 사서 복귀하다 위병소에 발각되어 벌을 받는 것을 봐서 그런지 기분이 좋아 보이지 않았다. 우리는 친구를 달래며, 강원도 영월 상동에서 2박 3일을 보내고 함께 내려왔다. 그리고 2일이 지난, 8월 4일 하계휴가 마지막 날 용원이에게 전화가 왔다.

"현섭아, 내일부터 출근인데 관성휴양소 가서 라면 끓여 먹고 오자."

따가운 햇볕이 내리쬐는 바닷바람을 쐬며, 라면을 먹고 온 시간이 친구와의 마지막을 함께한 이별의 시간이 되었다. 당시에는 일요일에도 근무를 하였다. 근무 조가 반대 조가 되다 보니 통화는 하지만, 만나기는 쉽지가 않았다. 그렇게 지금까지 친구와의 시간은 멈추어 있다. 현대자동차 자원봉사센터에서는 몇 년이 지난 후 친구의 무덤에 '뜻을 이어받아 함께 하겠습니다.'라는 글귀를 새긴 비석을 세웠다. 더 이상 함께 하지 못하고 떠났지만, 나는 친구의 배려하는 마음을 따라 더 멋지고 훌륭한 봉사를 하리라 다짐했다.

친구야! 너의 아들 상후도 가끔 보고 있고, 상진이도 좋은 직장 얻어 결혼을 했다. 이번에 너의 손주의 돌잔치를 했단다. 영준이와 함께 가서 축하해주고, 너의 아내인 순덕 씨도 보고 왔단다. 가족 모두가 행복하게 잘살고 있으니 친구도 하늘나라에서 마음 편히 잘 지내기를 바란다. 그리고 혼자 계시는 너희 어머니에게도 한 번씩 인사드리러 간단다. 훗날 어머니가 세상을 떠나시면 영준이와 다녀올 테니 걱정은 하지 말아라. 오용원, 내친구! 사랑한다.

봉사를 함께 했기에 더욱 마음이 아프다. 하지만 그의 생은 진정 빛난 인생이라 생각한다. 그 빛은 나의 가슴에 언제까지나 남아 있으리라. 그가 못다 한 몫까지 더 열심히 봉사하리라 다시 한번 다짐해 본다.

봉사, 그대에게 향기를 주면 난 꽃이 된다

상원 형님 잘 계시는지요

넝쿨한우리봉사회가 만들어지면서 몇 명의 회원이 우리 곁을 떠나갔다. 2004년 1월 20일, 봉사 단체의 맏형으로서 꿋꿋이 자리를 지켜줬던 박상원 회원이 지병으로 세상을 떠났다.

아름답게 살아가는 자의 삶은 늘 마음이 풍요로우며, 부족해도 감사의 마음으로 티를 내지 않고, 넘쳐나도 쌓아 놓지 않는다. 늘 베풂의 자세로 살아가기 때문이다. 후회하지 않는 삶을 사는 것은 정말어렵고, 험난한 길이기에 늘 나를 돌아보는 성찰이 필요하다. 지금도 우리는 크지는 않지만, 일상에서 시간을 내어 어려운 이웃에게 힘이 되려고 노력하고 있다. 그리고 어려운 이웃들은 우리의 도움을 받고, 힘든 세상을 헤쳐 나가기 위해 저마다 노력을 하고 있다.

1996년 초, 넝쿨한우리봉사회에 형수님과 함께 오셔서 8년을 함께 하시다 우리 곁을 떠나신 상원 형님. 우리 봉사회에서 도와주던 집이 회사와 멀지 않아 수시로 그 집을 방문하여 할머니와 이야기도 하고, 많은 신경을 써 주시던 분이다. 워낙 조용하신 분이라 말씀도 잘하시지 않았다. 그냥 묵묵히 회원들에게 모범이 되신 형님이었다.

당시 우리가 돕던 곳은 할머니와 손자 둘이 사는 조용한 뒷골목의 월셋집이었다. 매주 화요일, 회원들이 방문하고 말벗도 되어 드렸다. 당시 큰손자는 건강이 좋지 않았고, 중학생인 둘째 손자는 말썽을 많이 피워 할머니의 속을 썩였다. 상원 형님께서는 그런 두 손자를 많이 다독이고, 할머니 댁에도 많은 관심을 가졌다. 둘째 손자에게 쓴소리하는 사람도 형님밖에 없을 정도였다. 이처럼 형님은 유독 할머니 댁 식구들과 많은 대화를 하며, 세심히 보살펴 주셨다. 전기 관련 쪽에 일을 하시다 보니 형광등 교체나 전기에 관한 일은 형님이 도맡아 하셨다.

봉사를 시작하고 얼마 지나지 않아 할머니의 아들이 지병으로 사망하여 형님과 회원들이 장례식을 함께 치르며, 장지까지 모셔드렸다. 흰색 EF쏘나타를 운전하시며, 늘 회원들의 발이 되어 주셨고, 봉사 활동을 마치고는 박혜숙 회원이 사는 방어진 꽃바위, 이수민 회원이 사는 청량읍 동천리까지 태워주셨다. 한 번도 빠진 적이 없다.

"나는 술을 못 먹으니 다 태워줄 게 걱정하지 마라."

늘 회원들을 배려해주던 형님이셨다. 차 안에는 형님이 좋아하시는 트로트 노래가 항상 나왔다. 평상시에는 무뚝뚝한 분이셨지만, 노래는 정말 잘하셨다.

어느 날부터 넝쿨한우리봉사회의 맏형인 형님 부부가 봉사를 나오지 않았다. 그리고 한두 달이 흘러갔다.

"형님 무슨 일이 있으신지요?"

걱정되는 마음에 전화를 걸었다. 그런데 형님이 아닌, 형수님께서 전화를 받으셨다.

"형님이 몸이 조금 좋지 않아 서울에 가서 수술을 받고 요양 중이라 봉사에 참석하지 못했습니다. 이제 곧 울산으로 가니 가서 연락하겠습니다. 너무 걱정 안 하셔도 됩니다."

그리고 2003년 8월부터는 괜찮으시다며, 부부가 함께 봉사하러 오셨다. 10월 봉사로 울산 율리 저수지에서 산책을 하고, 일부 회원들은 태연재활원 친구들과 한 팀이 되어 낚시를 하는 날이었다. 형님과 형수님도 함께 오셔서 안부를 물으며, 산책을 하였다. 우리는 당연히 괜찮을 거라고 대수롭지 않게 생각하고 있었다. 그런데 얼마간 형님이 보이지 않았다. '겨울이라 날씨도 춥고 해서 안 나오시겠지' 생각했다.

그 이후 형님의 몸이 좋지 않아 병원에 입원했다는 말이 들려왔다. 울산 중앙병원에서 치료를 받으며, 회복을 기대했으나 형님은 다시 우리와 함께할 수 없는 길을 떠나셨다. 많은 회원들이 면회를 왔고, 형님의 쾌유를 빌었지만, 다시 오지 못할 길을 떠나고 마셨다. 10월 율리 저수지 봉사를 마지막으로 우리를 떠난 것이다. 그냥 스쳐 가는 회원이었다면 이토록 마음이 아팠을까? 형님이 유독 관심을 가지던 할머니 댁 큰손자도 조문을 와서 함께했다. 2박 3일간 50여 명의 회원이 조문하였고, 10명의 회원이 휴가를 내고 경남 창녕의 선산으로 형님을 모셔드리고 장례를 마무리했다. 장례를 지켜보면서 많은 것을 느꼈다. 하나뿐인 생명을 주었으면 좀 더 살게 하고 데려 가야지, 왜 이렇게 열심히 사시는 분들만 먼저 가게 하는지 신에게 물어보고 싶었다. 신이 원망스러울 뿐이었다.

형수님은 지금도 한 번씩 봉사를 나오신다. 둘째 아들 진희는 결혼

봉사, 그대에게 향기를 주면 난 꽃이 된다

하여 행복하게 잘 살고, 큰아들 재희는 대구의 동산병원에서 근무하
다가 작년 3월부터 울산 춘해대학교 응급구조과 교수로 재직 중이다.

　　형님 잘 계시죠. 형님과 저희들이 이별한 지 벌써 19년이 흘러갑니
다. 형수님도 건강하시고 재희와 진희도 자식들 잘 키우며 행복하게
살고 있으니, 이곳 걱정은 마시길 바랍니다. 요즘은 코로나19로 인
해 2년째 봉사를 가지 못했지만, 곧 좋아지면 형님이 하시던 봉사 활
동 잘 이어 가도록 하겠습니다. 형님, 올해 8월이 넝쿨한우리봉사회
30주년이 되는 해입니다. 태연재활원 친구들에게 뷔페 대접을 하기
위해 많은 성금도 모아 놓았습니다. 최고급 뷔페로 대접을 할 계획입

니다. 당연히 재희와 진희, 그리고 형수님도 모시고 함께 하겠습니다.

형님이 빠진 자리는 손자들로 채워 할아버지가 열심히 봉사하셨다는 덕담도 들려주겠습니다. 지금은 함께하지 못하지만 30주년 행사가 이루어지는 날, 형님께도 마음으로 초대장을 보내드리겠습니다. 멀리 계시지만 오셔서 손자들, 가족들, 태연재활원 친구들, 그리고 넝쿨한우리 회원들도 만나고 가십시오. 대한민국 최고의 봉사 단체라 해도 손색이 없는 아름다운 모임으로 성장하였습니다. 넝쿨한우리봉사회가 50년, 100년의 역사를 이어갈 수 있도록 응원도 부탁드리겠습니다.

조금 전에 형수님과 통화하였습니다. 곧 재희와 형수님 모시고 식사 대접 한번 하려고 합니다. 자랑스러운 형님의 큰아들 축하를 해야죠. 형님, 30주년 행사할 때 뵙겠습니다.

봉사, 그대에게 향기를 주면 난 꽃이 된다

현대자동차 사장님에게

안녕하십니까. 저는 시트 생산 관리부에서 근무하고 있는 최현섭 사원입니다. 요즘 저는 사장님의 칼럼을 즐겨 읽고 있습니다. 변화된 모습의 일면이라 생각하고 상당히 긍정적인 사고의 전환이라 생각합니다. 봉사 활동 역시 수년간 똑같은 프로그램으로 변화를 주지 않은 단체는 회원들의 참여 저조로 고전을 면치 못하며 고사 위기에 처합니다. 하지만 봉사회 임원진이 열심히 노력하여 회원들에게 감동을 주는 모임은 굳센 바람에도 흔들리지 않는 현실을 많이 보아 왔습니다. 세상의 이치도 별반 다르지 않다고 생각합니다. 변화하지 않는 조직은 도태될 수밖에 없습니다. 요즘 사내 봉사 단체가 활성화되고 있고, 아버지 학교도 운영되는 것으로 알고 있습니다.

사장님도 열심히 봉사 활동을 하고 계십니다. 봉사 활동을 하시는 모습을 사원들은 눈여겨보고 있다는 것을 저는 여러 차례 확인하였습니다. 아름다운 모습이라 생각합니다. 아주 작은 곳에서 사람은 감동한다는 것을 저는 체험으로 느끼고 있습니다. 그래서 저는 더욱더 제가 소속된 봉사회의 봉사자들을 감동하게 하고, 활성화하는 방안을 연구하기 위해 책을 뒤지며 고민하고 있습니다. 외람된 말씀이지만 저는 내일 죽어도 후회하지 않겠다는 생각으로 하루하루를 최선을 다하며 살아가고 있습니다. 요즘 연예인 중 기부를 많이 하는 가수 김장훈의 '하루를 평생 같이 살아가라.'라는 말이 가슴에 와닿습니다.

몇 년 전 처음 부임할 당시의 사장님 모습과 지금의 모습을 비교한다면, 직원들에게 매우 유연한 모습으로 변하신 것 같습니다. 사내 봉사 활동에도 더 많은 지원과 포상, 그리고 관심을 가져주서서 회사 직원과 가족이 봉사하는 아름다운 회사로 거듭나는 그러한 모습을 상상해봅니다. 사장님이 강동 바닷가에서 봉사하시는 사진이 지금도 아름다운 장면으로 기억에 남아 있습니다. 봉사 활동하는 사람들은 사장님과 똑같이 외롭고 힘들다고 생각합니다. 직원들에게 동기 부여하여 자발적인 모습으로 봉사한다면, 회사도 고객을 감동하게 할수 있을 것입니다. 봉사 활동은 현대자동차의 대외 이미지를 좋게 만

봉사, 그대에게 향기를 주면 난 꽃이 된다

들 뿐만 아니라 도움을 받는 사람에게는 큰 힘이 되고, 회사 발전에도 기여할 수 있으리라 생각됩니다. 저는 입사 이래 술에 만취가 되어도 현대 택시 외에는 타지 않아 오해를 산적이 많습니다. 그래도 회사의 소속된 일원으로서 당연한 일이라 생각하기에 조금 불편하더라도 그렇게 하고 있습니다.

사장님, 회사의 발전을 위해서나 어려운 이웃을 위해서나 봉사에 좀 더 많은 지원을 해주셨으면 좋겠습니다. 개인이 하는 봉사를 탁구공에 비한다면, 기업이 하는 봉사는 축구공이라 할 수 있습니다. 지금도 사회에 많은 기여를 하고 계시지만, 현대자동차가 좀 더 많은 역할을 하여 더 많은 어려운 이웃에게 희망이 되었으면 좋겠습니다.

PART

— 3

좀 더 나은 세상을 위한
봉사는 사랑이다

다문화 가정 봉사

다문화 가정 세대 봉사를 시작하였다. 3명의 아이들과 이들의 보호자인 엄마가 사는 집이다. 큰아이가 중학교 1학년, 둘째가 초등학교 4학년, 막내가 여섯 살이다. 처음에는 부부가 시어머니를 모시고 행복한 가정을 꾸리며 살았다. 그러나 남편이 불의의 교통사고로 몸이 불편해지자 이혼을 하였다.

"더 이상 여기서 고생하지 말고 떠나서 행복하게 아이를 키우거라."

그녀를 딱하게 여긴 시어머니의 배려였다. 이제 그녀와 아이들은 시내로 나와 살고 있다. 정부의 주거 지원금으로 전세를 걸고, 매달 월세를 내는 조건으로 계약을 하였다. 전에 거주하던 주택에서는 아이들이 너무 시끄럽다며 나가라고 하였다. 그렇게 악착같이 몇 년을 버티다 이곳으로 이사를 하였다. 우리는 3년 전부터 매주 방문하여 이들을 돕고 있다. 남편이 없다 보니 남자가 손 볼 일이 한두 개가 아니다. 형광등 교체나 방충망 등 주인에게 이야기해도 잘해주지 않을 때는 봉사자가 나서서 수리를 해준다. 권영은 회원, 김진화 회원의 사위 이규씨도 합류하여 형광등 교체와 전기 시설을 봐준다. 회원들은 이 집에 방문할 때마다 떡볶이, 순대, 만두 등 양손 가득 간식을 들고 간다. 그리고 고국을 떠나 타국에서 적응하는 게 쉽지 않다는 것을 알기에 봉사자들은 한국 음식 만드는 법도 가르쳐준다. 또 아이들이 아플 때나 급한 일이 있으면, 주위의 이웃과 우리 봉사자가 함께 도움을 주고 있다.

지금까지 우리는 조손 가정, 한 부모 가정, 노인들 위주로 지원해 왔지만, 다문화 가정 봉사는 처음 시도해 보았다. 정부에서도 다문화 가정을 위한 공부방 운영, 방문 학습 보조 및 생활 지도, 발달 장애인을 위한 지원센터 운영 등 다양한 지원 사업을 하며 돌보고 있다. 주위의 관심과 배려도 다문화 가족의 적응에 많은 도움이 된다.

여섯 살 된 막내는 처음 우리를 볼 때만 해도 눈치를 보며 엄마만 찾더니, 요즘은 우리가 방문하면 '할아버지!' 하면서 맨발로 뛰어온다. 둘째는 얼마나 똑똑한지, 언어 구사력이 매우 뛰어나다. 다문화 가정 자녀의 가장 취약점은 말하기·듣기·쓰기이다. 그래서 우리 봉사회의 회원들도 아이들을 위해 받아쓰기, 책 읽기, 셈법 공부 등 다양한 지도를 하고 있다. 지자체에서도 여러 가지 프로그램으로 아이들을 지도하고 있다.

다문화 가정의 자녀들이 이제 사회에 나오는 시기이다. 경쟁에서 차별받고 소외되지 않도록 국가에서도 각별한 관심이 필요하다. 이제는 우리나라도 다문화 시대로 진입하고 있다. 과거, 우리가 어렸을 때, 선생님들은 우리에게 단일 민족이라는 자부심을 심어주었다. 당시 지금과 달리 내세울 게 없었던 우리 민족에게는 그것이 일종의 자랑스러운 민족의식이었다. 하지만 지금은 시대가 많이 달라졌다. 지구촌이란 말이 생겨난 지도 오래되었고, 글로벌 시대라는 말도 일상 용어로 쓸 만큼 국제화되었다. 그런데 아직도 우리에게는 단일 민족

봉사, 그대에게 향기를 주면 난 꽃이 된다

이 좋고, 다른 민족은 배타적으로 대하는 의식이 뿌리 깊게 남아 있다. 미국에 사는 백인은 우월하고, 동남아나 아프리카 등에서 온 다른 민족은 열등하다는 생각에 차별하는 경우가 많다는 것을 보면 이러한 사실을 알 수 있다. 이제 이런 의식의 변화가 필요하다. 글로벌 시대에 맞춰 생각도 글로벌화 되어야 한다.

남의 나라에 와서 사는 사람도 우리나라 사람이다. 그들도 우리와 똑같이 벌고 세금을 낸다. 그리고 낯선 환경에 적응하느라 우리보다 더 힘겨운 삶을 살아가고 있다. 예전의 우리 부모님들의 모습이다. 불과 50년 전까지만 하더라도, 우리 부모님 세대는 독일로, 또는 월남으로 가서 많은 고생을 하였다. 그런 상황 속에서 우리 부모님들에게 따뜻한 마음으로 대해주었던 사람들이 부모님의 입장에서는 얼마나 고마웠을까? 세상에는 뛰어난 민족과 열등한 민족은 없다. 그저 귀한 사람만 있을 뿐이다. 말로만 세계화할 것이 아니라 마음으로 어려움에 부닥친 사람을 보살펴야 한다. 다문화 가정은 경제적, 언어적으로 힘든 상황이다. 그들을 격려하고 우리 사회의 일원으로 우뚝 설 수 있게 우리가 할 수 있는 것에서부터 도움을 줘야 한다. 그것이 참된 봉사 정신이며, 진정한 세계화 감각이다.

달동 아주머니

넝쿨한우리봉사회와 두 번째로 오랜 인연을 맺어온 달동 아주머니와 처음 만난 해는 2006년 4월이다. 울산 시내 중심부에는 '달동 주공아파트'가 있다. 남구 복지관에 어려운 사람을 추천해달라고 요청하니 주공아파트에 사는 사람들의 의뢰가 많이 들어왔다. 그렇게 남구 복지관을 통해 달동 아주머니와 인연을 맺었다. 아주머니는 하반신 마비로 휠체어를 타고 거동하며, 아저씨는 몸이 좋지 않아 일하지 못하고 파지를 주워 생계를 이어 가고 있었다. 달동 아주머니 댁에 봉사하러 갈 때면 회원들은 집에 있는 파지나 신문 등을 가지고 가서

봉사, 그대에게 향기를 주면 난 꽃이 된다

1층 아파트 베란다에 쌓아두었다. 그러면 아저씨께서 연신 고개를 숙이며 감사해 하셨다.

"정말 감사합니다. 요즘은 파지를 줍는 사람이 많아 거의 줍지를 못했습니다. 고맙습니다."

그렇게 한 달 정도 모으면 손수레 한 대 분량이 되는데, 함께 밀어서 고물상에 다녀오곤 하였다. 그럴 때 마다 아저씨께서는 늘 웃으며 말씀하신다.

"혼자 갈 수 있으니 안 오셔도 됩니다."

웃으며 말하지만, 어디 그 마음이 본심이겠는가. 다리가 아파서 거동이 불편하다는 사실을 우리 모두가 알고 있었다. 더군다나 몇 년 전부터 전에 수술한 골반이 아파 걷기가 힘들어 파지 수거도 중단하였다고 한다. 그저 우리에게 피해를 끼치는 것 같아 애써 둘러대는 아저씨였다. 그래서 그랬을까 모두가 이심전심의 마음으로 달동 아주머니와 아저씨를 도왔다. 나는 지인을 통해 대로변 상가에서 나오는 파지를 아저씨가 오시면 드리라고 부탁을 하였다. 우리는 그분이 부탁하는 일이라면 가능한 들어 드리려 하였다. 편법을 동원하는 것도 아니고, 잠시만 발품을 팔면 되는 일이라 부담이라 생각하지 않고 도왔다.

당시 이들에게는 고등학교 3학년인 외아들이 있었는데, 졸업 후 대학을 다니다 소방공무원 공부를 한다고 집을 나가서 거의 오지 않고 있었다. 본래 우리 봉사 단체의 도움 기준은 자녀가 취업하거나 작지만, 경제적 자립이 되면 방문을 중단하게 되어있다.

우리는 매주 월요일이면 달동 주공아파트를 방문하고, 목요일에는 다른 봉사자 팀을 만들어 중구 다운동 할머니 댁에 방문하였다. 방문 전에는 항상 박혜숙 팀장이 상냥한 목소리를 전화를 건다.

"아주머니! 저 넝쿨한우리 박혜숙 팀장인데요. 뭐 필요한 것 있으세요? 뭘 사갈까요"

달동 아주머니 댁에 방문할 때는 누구는 순대, 누구는 귤 등 회비로 준비하는 것 외에도 많은 먹거리를 사 갔다. 함께 식은 밥에 라면도 많이 끓여 먹었다. 방문하는 시간이 저녁 시간대라 모두가 시장한 시간이기 때문에 라면 국물까지 깨끗하게 비웠다. 회원들은 달동 아주머니를 우리 부모 형제처럼 섬겼다.

박혜숙 회원은 다문화 가정 세대의 팀장을 맡아 아이들의 공부도 가르치고 밥도 먹인다. 넝쿨한우리봉사회에 없어서는 안 될 소중

봉사, 그대에게 향기를 주면 난 꽃이 된다

한 일꾼이다. 달동 아주머니 집은 아홉 평이 채 되지 않는 작은 아파트이다 보니 엉덩이도 겨우 걸치는 정도였다. 그렇기에 아저씨는 우리가 방문하는 날이 되면, 아예 집 밖으로 나가서 자리를 피해주셨다. 이러한 배려 덕분이었을까? 하루 일을 마치고 피곤한 기색이 역력한 회원들도 달동 아주머니 댁에 오면 항상 즐거운 마음으로 돌아갔다. 또 참석을 못 하는 회원들은 맛있는 거 사드리라며, 현금을 찬조해 주기도 하였다. 모두들 아낌없이 자신이 가진 것들을 나누어 주었다.

봉사는 양파와 같다고 생각한다. 하면 할수록 양파의 속살처럼 새하얀 마음들이 쏟아져 나온다. 봉사의 힘은 대단하고 아름다운 최고의 선물이다. 그때의 회원들이 지금도 다른 세대를 방문하여 똑같이 봉사하며 어려운 이웃을 섬기고 있다. 하면 할수록 느끼는 봉사의 향기들은 이심전심 눈빛으로 이어지고 있다. 봉사의 향기는 눈으로 맡는다. 지금도 열심히 함께하고 있는 박혜숙 총무, 권영은, 김균순 형님 부부, 김진화 형님과 형수님, 신순아, 현규, 우선미 부부 등 헤아릴 수 없이 많은 회원의 얼굴이 떠오른다. 정말 대단하고 존경스러운 분들이다. 이들을 보고 있으면, 봉사 단체의 발기인의 한사람으로서 감사하고, 진한 감동이 밀려온다. 행복하다는 말로 표현하기에 모자란다. 멋모르고 시작한 일이 사회의 한 축을 담당하고 끈끈한 정을 잇게 만드는 힘이 되니, 우리도 놀라고 스스로 대견스럽게 생각한다.

내가 하는 일이 자랑스럽고 스스로 최고의 일이라 생각한다. 남들과 다른 삶을 살았기에 여기에 내가 있고, 주위에 천사 같은 사람들이 세상에 선한 향기를 뿜어내고 있다.

나는 당시에 2교대(주, 야 10시간) 근무를 마치고, 무료 급식소에 가서 봉사를 하고 있었다. 그리고 배식을 마치고 남은 반찬과 국, 밥을 포장해서 자전거에 싣고 10여 분을 달려 달동 아주머니 댁에 배달하고 출근하였다. 몸이 불편하니 팔도 통증이 있어 움직이는 것도 힘들다 하셨다. 그래서 내가 보내준 음식은 며칠을 두고 먹으며 끼니를 해결하셨다. 나는 성한 몸으로 잠시 할 일을 했을 뿐이다. 하루하루를 힘들게 사시는 분들에게는 큰 도움이 된다는 생각에 최대한 열심히 도왔다. 작은 것이라도 그분들의 눈높이에 맞추고, 그분들의 삶속에 녹아들어 경청하고, 힘이 되어, 외롭게 혼자 살아가지 않도록 노력하였다. 어렵고 힘든 사람들의 전령이 되고 파수꾼이 되고 싶었기때문이다.

아주머니는 거의 매일 여섯 곳의 병원을 다니며 약을 타오셨다. 얼마나 통증이 심하셨으면 잠도 제대로 못 주무셨을까, 걱정이 앞섰다. 최근에 통화를 했는데 나이를 더 먹으니 이제는 병원에 갈 힘조차 없다고 하신다. 그리고 리프트가 달린 전동 휠체어를 사려고 한다며, 조심스럽게 이야기하셨다.

봉사, 그대에게 향기를 주면 난 꽃이 된다

"혹시 아는 정형외과가 있으면 소개해주세요."

"아, 그럼 제가 알아보고 연락드리겠습니다."

전동 휠체어를 구해드리기로 약속했다. 그러나 여러 군데의 병원에 가 봤지만, 리프트 휠체어 확인서를 발급해 주지 않았다. 시행 초기 확인서 발급이 남발하여 부작용이 발생하다 보니, 정부에서 신중하게 발급하라는 공문이 내려왔기에 쉽게 발급해주지 않는 것이었다.

아주머니께서는 매일 여러 가지 약을 드시다 보니, 오래전부터 간 손상이 많이 되어 정말 피곤해하셨다. 목소리에 힘이 없는 게 느껴질 정도로 기력의 쇠함이 느껴졌다. 연세가 칠십 대 초반인데도 몸을 가누기 힘들 정도이다. 또한 기력이 없는 상태에서 손을 짚고 휠체어를 오르내리다 보니, 이제는 팔이 아파 병원에도 겨우겨우 간다고 하였다. 리프트가 달린 휠체어를 원하시는 이유였다. 묻기 힘든 이야기였지만, 아들은 어머니가 아픈데 뭘 하고 있느냐고 물어보았다. 서울에 있는 조그마한 회사에 다녀 도움을 달라고 하지도 못한다며, 한숨을 쉬셨다. 도움을 시작할 때는 아들이 학생이라 취업하면, 곧 그만두리라 생각하였다. 이렇게 오랜 인연이 될지는 우리도 몰랐다. 하지만 나아지지 않는 현실을 외면하고, 지원을 중단할 수 없어 한참을 더 도운 것 같다. 여기도 마찬가지로 매월 십만 원을 드렸고, 명절에 십만 원씩, 또 방문할 때마다 삼만 원 정도의 물품을 사 갔다. 그렇게 매년

이백만 원 정도의 도움을 준 셈이다. 봉사자들도 개인적으로 간식, 빵, 음료 등도 많이 사 갔다.

처음 방문 봉사를 시작할 때는 그분들의 말벗이 되어 주고 청소 정도를 하며 시작하였다. 하지만 오랜 시간을 함께하다 보니 어려운 환경을 접하게 되었고, 때마침 봉사 회원이 늘어나고 회비도 늘어 조금씩 경제적 지원까지 하며, 이 봉사를 유지해 왔다. 5년 전에는 아파도 돈이 없어 수술을 미루었던 아저씨의 골반 수술 비용의 일부인 100만 원을 지원해주기도 하였다.

오랜 세월을 함께 했기에 여러 가지를 묻고, 도움을 요청하셨다. 보통 안부를 묻는 전화지만, 분명 무언가가 필요할 때 연락이 온다. 어디 하소연할 데는 없고 힘은 드니 우리에게 전화를 하는 것이다. 30여 분을 통화하면서 하소연을 들어주었다.

"아저씨도 아프고 나도 하루하루 사는 게 힘이 많이 듭니다."

힘없는 목소리로 말했다. 리프트 휠체어 확인서 발급 조건이 되지 않으면, 우리 봉사 단체에서 휠체어 구매 비용 지급을 논의해 볼 계획이다.

'희망은 사람을 성공으로 이끄는 신앙이다.'라는 말이 있다. 보지도 듣지도 못하는 어려운 삶 속에서도 희망을 노래하며 자신과 같은 처지에 있는 장애인을 위해 봉사했다는 '헬렌 켈러(Helen Adams Keller)'가 한 명언이다. 신이 인간에게 부여한 가장 공평한 것 중 하나가 '생명'이라고 생각한다. 부에 따라 죽음의 서열이 결정되기도 하지만, 그래도 한 번뿐인 생명의 기회이기에 열심히 살다 가야 한다. 인간은 받는 것으로 존경받지 않는다. 존경은 자신이 베푼 것에 대한 보답으로 받는다. 하루하루가 매일 올 것처럼 살지 말고 오늘이 내 인생의 마지막 날이라는 각오로 열심히 봉사하며 살아야겠다고 다짐한다.

달동 아주머니와 거제도 추억여행

8년 동안 도와주었던 달동 아주머니의 고향은 부산이다. 사정이 여의치 않다 보니 고향에 갈 수 없었다. 몸이 아프고 이동할 수 없으니 가고 싶어도 못 간 것이다. 방문할 때마다 힘들게 몸을 움직이는 모습을 보면 안타까웠다. 그러던 어느 날, 달동 아주머니 집을 방문하는 회원들끼리 저녁을 먹던 중, 이수민 회원이 제안을 하나 하였다.

"우리 거제도 놀러 가기로 했잖아요. 오래전부터 고민하다 말씀드리는데, 달동 아주머니도 같이 가면 안 될까요?"

그 제안을 들은 박혜숙 회원이 맞장구를 쳐 준다.

"좋지요. 우리가 봉사를 시작한 이래로 어디를 간 적이 한 번도 없는 것 같은데 좋은 의견입니다."

이어서 오동주 회원이 말문을 열었다.

"저야 당연히 찬성하지만, 아주머니의 의견을 먼저 물어봐야 하는 거 아니에요?"

단 한 명의 회원도 반대하지 않았고, 같이 가는 것으로 뜻이 모였다. 그러나 달동 아주머니의 의견이 가장 중요하였기에 아주머니의 의견을 듣고 추진하기로 결정하였다. 나도 거들었다.

"정말 멋진 생각입니다. 이동의 불편함은 있겠지만, 여성 회원들이 있어 큰 불편은 없을 것 같으니 제가 만나서 잘 말씀드려 보겠습니다."

그렇게 달동 아주머니와 거제도 여행을 추진하였다. 우리들의 제안을 들은 달동 아주머니는 많이 망설이셨지만, 박혜숙 회원의 끈질긴 설득 끝에 허락해주셨다.

"고마워요. 갈게요"

이렇게 해서 나, 김영남, 오동주, 이수민, 이승복, 박혜숙, 전희영, 최재근 회원, 그리고 아주머니와 함께 거제도로 여행을 떠났다. 토요일 오후 모두가 근무를 마치고 출발하기로 하였다. 오동주, 김영남 회원이 스타렉스를 끌고 먼저 도착해 있었다. 휠체어를 싣고, 아주머니를 모시고 집을 나섰다. 신복 로터리에서 다른 회원들이 기다리고 있어, 우리도 서둘러 도착하였다. 이승복 회원이 늦은 인사를 건넨다.

"안녕하세요. 아주머니 반가워요. 일주일만이네요"
"이렇게 신세를 져도 되나? 생전 처음 가는 여행이라 한숨도 못 잤고, 물 한 모금도 마시지 않았어요."

그 말을 들은 박혜숙 회원이 묻는다.

"왜요?"
"그냥"

달동 아주머니가 최재근 회원의 손을 잡으며, 웃어넘긴다. 잠시 정

봉사, 그대에게 향기를 주면 난 꽃이 된다

적이 흐르며 모두가 말을 하지 않는다. 장거리를 갈 때, 화장실에 가기가 힘드니 회원들에게 부담 주지 않으려는 달동 아주머니의 배려였다. 멀리 갈 때 그런 생각을 안 할 순 없지만, 하루 전날부터 물을 마시지는 않았다고 하시기에 가슴이 먹먹해 왔다.

양산 김해를 지나 거제도와 부산을 연결하는 거가대교 휴게실에서 잠시 쉬었다.

"여기서 30분간 쉬었다 가겠습니다. 혜숙 언니 맛있는 것 많이 사 오세요."

김영남 회원이 트렁크에서 벌써 휠체어를 내리고 대기하고 있었다. 최재근 회원은 얼마나 급했는지, 곧바로 화장실로 뛰어갔다. 전희영, 박혜숙 회원은 휠체어를 밀고 달동 아주머니와 함께 화장실로 이동했다. 바다가 보이는 전망대에서 감자, 떡볶이, 핫도그를 먹으며 잠시 망중한을 즐겼다. 여행은 힘든 이를 위로하고, 잘하고 있는 자신을 쓰다듬으며, 위안을 주어 더 큰 일을 하라는 선물이라 생각한다.

'내가 살아가는 동안에 할 일이 또 하나 있지. 바람 부는 들판에 서 있어도 나는 외롭지 않아.'

통기타를 연주하며, 모금 활동을 하는 분들의 공연 소리가 은은하게 들려왔다. 오동주, 이수민 회원이 성금을 내니 아들도 1천 원을 모금함에 놓고 왔다. 그리고 다시 거제도를 향해 출발했다.

숙박을 예약하지 못해 횟집 2층에 방을 얻고, 저녁으로 회 정식을 먹었다. 아주머니는 얼마나 피곤하셨는지 초저녁부터 잠을 주무셨다. 태풍이 온다더니 정말 거친 바람이 불기 시작했다. 밤새 불어오는 바람에 다음 날 일정을 망칠 것 같다는 걱정이 들었다. 예상했던 대로 다음 날 아침, 태풍 나비의 영향은 엄청났다. 첫 번째 목적지인 외도를 가려고 했지만, 태풍이 불어 여객선 운항이 중단되었다. 벼르고 별러 왔건만, 들어가지 못한다니 너무나 아쉬웠다. 이 섬에 들어가려면 꿈자리가 좋아야 한다고 할 정도로 까다롭다. 바람이 불거나 비가 많이 와도 통제되는 곳이다. 아쉬운 마음을 위로하며 외도를 배경으로 기념사진을 찍고 바람의 언덕으로 출발했다. 달동 아주머니에게 멋진 경관을 보여드리고 싶어 거제도에 왔는데, 너무나 아쉬운 마음으로 발길을 돌렸다.

한참을 달려 바람의 언덕에 도착하였다. 정말 바람이 엄청나게 불어왔다.

봉사, 그대에게 향기를 주면 난 꽃이 된다

"자 이제 도착했네요. 수고하셨습니다. 아주머니 정말 고생하셨습니다."

열심히 운전하고 온 오동주 회원이 도착 인사를 했다. 바람의 언덕은 2000년대 드라마가 방영되면서 관광객들이 많이 찾게 된 곳이다. 바람의 언덕이라는 이름도 그때 자연스럽게 생겨났다. 해안가 선착장에는 외도, 해금강 유람선을 탈 수 있어 관광객이 끊이지 않았으며, 바다 너머에는 몽돌로 유명한 몽돌해수욕장도 보였다. 아주머니가 화장실을 다녀오고 언덕을 오를 준비를 했다. 바람의 언덕은 휠체어 길이 없어 걸어서 이동해야 하는 곳이다. 덩치가 큰 오동주 회원이 아주머니를 업고, 김영남 회원이 휠체어를 들고 오르기 시작했다.

아들은 간식 가방을 들고 계단을 뛰어갔다. 많은 인파를 헤치며 사진을 찍고 내려왔다. 오동주, 김영남 회원이 없었다면, 그곳까지 갈 수가 없었으리라.

식물 랜드를 방문하여 오리배 타기 시합을 하기도 하였다. 이수민 회원이 꼴찌를 하여 아이스크림을 샀고, 모두들 맛있게 먹으며 즐거운 시간을 보냈다. 그 뒤로 해금강, 포로수용소를 끝으로 거제도 관광은 무사히 끝이 났다.

다시 울산으로 가는 길, 날씨가 흐리고 바람이 부는 탓에 도로에 차들이 가지 못하고 서 있어서 많은 시간을 지체하였다. 간간이 바람이 불고 비도 왔지만, 무사히 울산에 도착했다.

"오늘 평생 꿈을 여러분 덕분에 이루었네요. 평생 잊지 못할 추억을 만들어주셔서 고맙습니다."

아주머니의 인사말을 뒤로하고, 우리 집에서 늦은 저녁 식사를 하며, 1박 2일의 일정을 마무리하였다.

달동 아주머니의 어머니 상봉

　달동 아주머니의 친정어머니가 요양 병원에 들어가신 지 오래되었다. 꼭 살아 계실 때 왔다 가라고 부산에 사는 아주머니의 오빠께서 자주 전화를 하셨다. 달동 아주머니의 오빠 역시 사정이 여의치 않아 아주머니를 모시고 갈 상황이 되지 않으셨다. 그래서 우리가 달동 아주머니 댁에 방문할 때마다 늘 같은 얘기를 많이 하셨다.

　"엄마 살아계실 때 한번 가야 하는데…."

항상 아주머니의 말이 마음에 걸렸다. 그래서 우리 봉사회는 달동 아주머니가 어머니를 만날 수 있도록 도움을 드리고자 하였다. 날을 잡아 부산을 가기로 한 것이다. 2010년 가을, 이승복, 박혜숙 씨, 아주머니와 함께 부산으로 출발하였다. 달동 아주머니께서는 차창을 바라보며, 아무 말씀도 하지 않으셨다. 그러다 조심스럽게 언제 엄마를 만났는지 기억도 없다며, 눈물을 보이셨다.

"그렇게 오래되셨어요? 미리 말씀을 하시지…."
"아이쿠, 지금 가는 것도 고마운데 어떻게 말을 해요."

어머니가 살날이 얼마 안 남았는데, 가지 못하니 얼마나 초조한 시간을 보내셨을까. 해외에 계신 것도 아니고 지척에 있는데도 보지 못했으니, 그 맘고생은 얼마나 더 컸을까. 사는 것 별것 없는데 하는 생각이 마음을 스쳐 지나갔다. '살아있으면 생일상이요, 죽으면 제사상' 이라고 하지 않던가. 아주 작은 것 하나도 마음대로 할 수 없는 아주머니의 심정은 어떠했을까.

한 시간 반을 달려 부산시 영도구에 있는 요양 병원을 찾아 들어갔다. 음료수를 전달하고 우리는 병실을 나왔다. 한동안 이어지는 엄마와의 상봉 시간은 흐느낌으로 시작되고 끝이 났다. 본인 몸이 성치 않아 찾아뵙지 못한 미안함, 내 사정이, 현실이 왜 이리 힘들고 고통스러울까 하는 생각이 엄마를 보고 나니 울음이 터진 것이 아닐까. 얼마를 더 살지, 다시는 볼 수 없다고 생각하니 얼마나 눈물이 멈추지 않으셨을까.

그렇게 한 시간 반이 흘렀고, 점심시간을 알리는 소리가 요란하게 들려왔다. 그리고 어머니에게 식사를 몇 술 떠드리고 마지막 이별을 하였다. 우리도 많이 울었다. 한숨을 내쉬며 호흡을 조절했다. 갑갑한 현실이 생이별까지 만든다는 것이 너무 싫었다. 사는 것 정말 별 것 없는데, 지나고 나면 아무것도 아닌데, 그때는 하지 못하고 왜 이제 와서 후회할까. 인간이니 바쁘다 보니 그렇다고 둘러댈 수밖에 없는 현실이 너무 서글프게 느껴졌다.

요양 병원을 내려와 태종대 배를 타는 곳에서 갈치찌개를 먹었다. 그 전에 고향 친구들과 함께 부산 여행하면서 알아낸 맛집이었다. 많은 사람이 유람선을 타기 위해 줄을 서 있었다. 이후 커피를 한잔하고, 아주머니의 가장 큰 걱정거리 하나를 해결했다는 가벼운 마음으로 울산으로 돌아왔다. 거제도 여행을 제안했던 이수민 회원, 부산까지 함께해준 박혜숙 회원, 묵묵히 따라주는 마음씨 곱고 예쁜 이승복 씨 고맙고 감사합니다.

포항 아가페 사랑의 집 방문

　1996년부터 방문하게 된 포항 '아가페 사랑의 집' 봉사를 소개할까
한다. 포항시 남구 상대동에 있는 곳이다. 경주 어머니 댁을 방문하
고 돌아오는 길에 포항 문화 방송에서 박설자 아가페 사랑의 집 원장
님이 나와서 소개하는 것을 들었다. 장애인, 독거노인, 어린 학생 등
갈 곳이 없는 사람들을 모아 함께 생활하고 있는 일종의 보육원, 양로
원 같은 시설이었다. 도움의 손길을 기다린다는 아나운서의 마지막
멘트에 다음 날 원장님과 통화하였다.

"정부 지원 없이 사비로 운영하다 보니, 여러 가지로 부족한 게 많습니다."

휴대폰 너머로 원장님의 깊은 고민이 느껴졌다. 그리고 꼭 한번 오라고 부탁을 하셨다. 봉사회는 매월 정기 모임을 하고 있었고, 모두가 한 부서에서 근무하다 보니 의견 통일이 바로 되었다.

"사정이 딱하고 도움의 손길이 필요하다고 하니 한번 가보는 것이 좋을 것 같습니다."

김경규, 손태의, 김종인 형님이 약속이나 한 듯 말씀하셨다. 청죽봉사회의 연장자로서 솔선수범하시는 존경하는 분들이다. 이후 모든 회원들이 그러자며 동의한다는 의견을 모아준다. 일요일 아침, 그레이스 승합차에 10명을 태우고 포항으로 출발하였다. 그 지역은 시내와는 거리가 멀지는 않았지만, 집은 거의 없고 비닐하우스만 있는 농촌 지역이었다. 옛날에 도축장이 있는 곳이라 뒷고기를 판매하는 식당이 드문드문 자리하고 있었다. 긴 밭과 소를 키우는 막사가 있었고, 비닐하우스 끝에 자신의 집을 개조하여 어른들과 아이들이 함께 지내고 있었다. 당시만 해도 풍족한 음식이나 제대로 된 시설이 없다 보니 환경이 정말 열악하였다.

"가족들이 모두 힘을 모아 어르신과 아이들을 돌보고 있는데 많이 힘들어요."

50대 중반으로 보이는 박 원장님의 얼굴에는 미소가 가득하였다. 힘이 들지만, 종교적인 신념 하나로 어르신을 돕고 있다며 음료수를 권하셨다. 종교의 힘이 없다면, 또 신념이 강하지 않다면 그런 일은 하기 힘들다.

"오늘도 어르신들을 모시고 교회에 다녀왔습니다."

여전히 웃고 계시는 박 원장님이셨다. 우리는 첫 만남의 여운을 남기고 울산으로 출발하였다. 차창으로 보이는 형산강의 물줄기가 여유로워 보이지 않았던 것은, 우리에게 무거운 짐을 맡아 달라는 무언의 암시처럼 느껴졌다. 회원 중에는 현대자동차에서 근무하다 퇴직을 하고, 사업을 하는 형님이 한 분 계셨다. 형수님이 중국집을 운영하고 있었기에, 그쪽으로 가자고 형님이 이야기하였다. 우리는 그곳에서 아가페 사랑의 집 방문 소감과 느낀 점을 이야기하며 탕수육에 소주를 곁들였다. 먼저 황동철 회원이 이야기를 이어갔다.

"거리상으로 조금은 멀지만 방문하여 도움을 드리는 것이 좋겠습

봉사, 그대에게 향기를 주면 난 꽃이 된다

니다. 많은 것을 느끼고 왔습니다."

모두가 고개를 끄덕이며 찬성했다. 이어서 이한주 형님께서 말씀
하셨다.

"그럼 분기별로 한 번씩 가는 것이 어떻겠습니까?"
"그렇게 합시다."

우리 모두 호응해주었다. 그때 중국집 운영은 하지만 본인이 관여
하지 않고 있던 김일용 형님이 갑자기 형수님의 이름을 부른다.

"김금순 사장님 여기 와 보세요."

음식을 하고 있던 형수님은 장갑을 벗고, 급히 형님의 눈치를 본
다. 김일용 형님께서는 잠시 아무 말도 안하고 형수님의 손을 잡고,
눈을 쳐다본다.

"내가 여기 사장은 아니지만, 포항 아가페 사랑의 집에 방문할 때
마다 짜장면을 대접했으면 좋겠습니다."
"아! 그렇게 합시다."

형수님의 말에 모두가 박수로 화답을 했다. 얼떨결에 결정된 내용이었지만, 어려운 사람을 생각하는 진정한 마음이 없었다면 그런 결정이 가능했을까? 새로운 봉사가 결정되는 순간이었다.

다음 달, 봉사 가는 날 새벽부터 형님과 형수님은 가게 준비도 바쁠 텐데, 60여 명분의 짜장 재료와 면 뽑는 기계를 차에 싣고, 벌써 떠날 준비를 하고 있었다. 회원들이 하나둘 도착하자 우리는 7번 국도를 따라 포항으로 떠났다. 중국집 영업은 주방장의 몫으로 남겼다.

"형님, 형수님 감사합니다."

우리는 부부가 함께 봉사에 참여하였다. 회원들 대부분은 연구소가 생길 때부터 봉사를 함께 시작한 분들이라 모두가 친한 사람들이다. 도착한 시간은 아침 9시 반, 준비물이 빠진 것이 없는지부터 챙겼다. 준비해간 버너로 일용 형님은 짜장을 볶고 최의식, 황동철, 김옥배 후배는 양파를 까며 눈물을 훔쳤다. 효섭 형님과 한주 형님은 부엌칼을 갈며, 모두가 분주하게 움직였다. 나는 돌아다니며 회원들이 필요한 것을 들어주었다. 나와 같이 청죽봉사회, 한울타리봉사회뿐만이 아닌 다른 봉사도 함께 하다 보니 이제는 눈빛만 봐도 통했다. 감사한 일이다.

봉사, 그대에게 향기를 주면 난 꽃이 된다

　여성회원들은 어르신들이 계신 방을 청소하며, 할머니들의 말벗
도 되어 드렸다. 원장님은 곳곳을 돌아다니시며, 많은 사람들에게 우
리의 자랑을 하고 계셨다.

　"울산에서 새벽에 출발해 우리에게 짜장면을 대접하기 위해 준비
하고 있습니다."

　우왕좌왕할 것 같지만, 봉사하는 모든 사람이 역할 분담이 잘 이루

어져 일사불란하게 움직였다. 무질서 속의 질서를 보는 듯했다. 어르신 목욕, 청소, 점심 준비, 쓰레기 정리 등 각자 맡은 바 임무가 깔끔하게 정리가 되어가고 있을 때쯤, 일곱 살 진실이가 말을 걸어왔다.

"짜장면 주세요. 배가 고파요."

진실이는 원장님 댁에서 가장 어린 가족이라고 했다. 탤런트 최진실처럼 예쁘다고 하여 원장님이 지어주신 이름이다. 그 뒤로 우리는 방문을 할 때마다 진실이의 옷가지와 맛난 과자를 준비해 갔다. 아가페 사랑의 집에 계신 분들은 짜장면을 자주 드시지 못하였기에 모두가 한 그릇을 비우고, 눈치를 보았다. 그리고 그때마다 김금순 형수님께서 재빨리 말씀하신다.

"짜장면 한 그릇 더 드실 분!"
"여기요, 여기도요."

여기저기서 추가 주문이 들어오고, 모두가 남기지 않고 맛나게 드셨다. 설거지를 하고 마무리하자 시각은 어느새 두시 반을 넘어서고 있었다. 짜장면은 어딜 가도 최고의 인기 메뉴이다. 이후 분기별로 꾸준히 지원을 해오다가, 포항 시 도시 계획으로 인해 아가페 사랑의

봉사, 그대에게 향기를 주면 난 꽃이 된다

집이 포항시 기계면으로 이전하면서 청죽봉사회의 지원은 막을 내렸다. 아가페란 '조건 없는 사랑'을 뜻한다. 드러나지는 않지만 이렇게 조건 없는 사랑을 베풀고 있는 사람이 주위에는 많다. 돈과 명예, 권력 등 일신의 안위만을 위하여 남의 상황은 생각하지 않고 자기 욕심만 채우는 삶보다도, 가난하고 불쌍한 사람을 돕는 이런 삶이 훨씬 더 가치 있는 삶이 아닐까?

연화e 재가노인서비스 지원센터
어르신들과의 인연

넝쿨한우리후원회를 운영하면서 삼호동에 있는 연화e 재가노인 서비스 지원센터를 알게 되었다. 삼호동에는 독거노인 세대가 많고, 저소득층 가정도 많다. 또 걸을 수 없는 어르신들도 많이 살고 계신 다. 연화e 재가노인서비스 지원센터를 통해 어르신을 소개받아 매주 5일간 무료 급식소에 들러 어르신들에게 반찬을 전달하고 근황을 살 폈다. 정광사 옆에서 월세방을 얻어 생활하시는 할머니는 가족이 없 는 혈혈단신이었다. 정광사가 바로 옆에 있다 보니 가까이 할 수 있 어 여기로 오셨다고 하셨다. 주위에 친구들 몇 명이 다리가 불편한

봉사, 그대에게 향기를 주면 난 꽃이 된다

할머니의 보호자 역할을 하였다.

"할머니 저 왔어요. 어젯밤, 잠은 잘 주무셨어요?"

안부를 물으면, 할머니는 항상 무릎을 끌어 나의 손을 잡아주셨다. 발목 관절염이 심해 지팡이를 짚고 겨우 움직이셨다. 발목에는 나무 껍질을 찧어 조약을 만들어 항상 붙이고 계셨다.

"오래전 다친 부위를 방치하다 보니 이렇게 되었어. 아참, 어제 가져온 소고깃국으로 친구들하고 잘 먹었네,"

할머니께서는 떨리는 손으로 두유를 주시며 고마워 하셨다. 두유를 쥐고 있는 할머니의 손가락의 온기가 파르르 전해졌다. 발목이 아파 천정에 설치한 봉을 잡고 겨우 일어나셨다. 정기적으로 병원에 갈 때에는 장애인 택시를 이용하셨다. 요양 보호사 선생님이 오셔서 빨래와 반찬도 해주고 말벗도 해주니 너무 좋다고 말씀하셨다. 하지만 발목이 너무 아파 잠을 못 잘 정도로 고통이 심하다고 하셨다.

어느 날은 반찬을 들고 할머니 댁에 갔는데, 구급 차량이 들어오고 있었다. 놀란 마음에 급히 할머니 댁으로 뛰어 들어갔다. 정광사 경비 아저씨 역시 할머니의 비명 소리를 듣고 와계셨다. 집에 들어가 보니 경직된 몸으로 '아이고야, 아이고야' 하며, 고통스러워하는 할머니가 계셨다. 얼마나 아프시면 저렇게 비명을 지르셨을까? 정말, 당장이라도 돌아가실 것 같은 절규였다. 연세가 많고 혼자 사시다 보니, 누구에게도 도와달라고 말 못한 채, 홀로 아픔과 외로움으로부터 싸워오셨을 할머니를 생각하니 가슴이 먹먹해져 왔다.

"할머니 걱정하지 마시고 치료 잘 받고 오세요."

인사를 드리니 나의 손을 꼭 잡으셨다. 나도 할머니도 눈시울이 붉어졌다. 2년이 지난 지금도 할머니 댁 철 대문은 여전히 잠겨 있다. 하루빨리 완쾌하셔서 다시 뵙기를 기원한다.

삼호동 새마을 금고 뒤편으로 이사를 오셔서 혼자 사시던 할아버지 한 분이 계셨다. 정말 인자하신 모습이 기억에 남는 할아버지는 나와의 인연이 점점 맺어질 때쯤, 돌아가셨다. 할아버지에게는 딸이 한 명 있었는데, 딸은 아버지의 재산을 전부 탕진했다.

어르신이 이곳으로 이사를 오셨을 때, 방 청소를 해 드리고 가스레인지와 물, 햇반, 라면, 빵 등 먹을 것을 사드렸다. 그러나 할아버지는 하루에 한 끼만 드셨고, 그러다 어느 날 갑자기 병원으로 가서서 돌아오지 못하셨다. 찾아갈 때면 언제나 친근하게 대해주셨고, 늘 '충성'

봉사, 그대에게 향기를 주면 난 꽃이 된다

하며 나에게 경례하시던 모습이 아직도 잊혀지지 않는다. 사람 나이 80이 넘으면 아무도 모른다는 말이 정말 현실감 있게 다가왔다.

무거동 주민 센터 앞, 월세방에 사시던 어르신과의 인연도 깊다. 반찬을 가지고 가면, 항상 들어와서 차라도 한잔하고 가라며, 꼭 무엇이든 먹이고 보내려 하셨다. 그렇게 어르신과 짬뽕도 시켜 먹고, 짜장면도 같이 먹으면서 많은 정을 쌓아갔다.

"어르신 계세요?"
"오늘도 왔는가? 이렇게 미안해서 어쩌나."

담뱃불을 끄며, 반겨주시는 어르신의 모습이 선명하다. 또 이 어르신은 당뇨 합병증으로 오른쪽 다리를 절단하여 거동이 매우 불편하셨다. 그렇기에 부엌에서 나올 때는 목발을 짚고 나왔고, 병원에 갈 때는 전동 휠체어를 타고 이동하셨다. 다리가 많이 아리고 저려서인지 늘 내가 가면 힘들다고 신세 한탄을 많이 하셨다. 그나마 옆집에 사는 아주머니와 딸들이 반찬도 해주고 많이 챙겨주어 다행이었다. 그분들은 어르신을 자신의 아버지처럼 챙겨주셨던 너무나도 고마운 분들이었다. 가끔씩 아주머니도 같이 오셔서 짬뽕 국물에 소주도 한 잔했던 기억이 난다.

휴일이 끼어있었던 탓에 3일이 지나고 어르신의 집을 방문하였다. 그런데 여느 날과는 다르게 집은 비어 있었고 문이 열려있었다. 그리고 경찰들이 흰 가운을 입고 왔다 갔다 하면서 현장 조사를 하는 중이었다. 무슨 일인지 파악하기 위해 옆집 할머니에게 물어보았다.

"어르신 어디 가셨어요?"
"최 씨 왔다 가고 그날 오후에 가셨어."

늘 고통이 심해 힘들어하시고 삶이 재미가 없다고 하소연하시더니 먼 곳으로 가셨다. '아! 이렇게 가시다니' 너무나 허무하고 안타까운 마음이 들었다. 자식은 있었지만 인연을 끊고 사셨는데, 다행히 장례 때는 아들이 왔다고 했다. 인간은 누구나 늙고 병들어간다. 우리의 인생에서 영원한 것은 없다. 그러므로 어르신, 저소득층, 청소년 모두가 사회의 보호를 받아야 할 약자이기에 모두가 함께 가야 할 동반자로 생각하고, 관심을 가져야 한다.

오늘이 내 인생 최고의 젊은 날이다. 미루지 말고 실천해야 한다. 내일하면 된다고 하는 안일한 생각은 버려야 하는 것이다. 오늘이 쌓여 내 인생이 된다. 실천하지 않는 사람은 그냥 이라는 말로 생을 갉아 먹는다. 하루를 살더라도 가치 있게 살아야 한다. 내일이면 늦다.

봉사, 그대에게 향기를 주면 난 꽃이 된다

인생을 가장 가치 있게 사는 방법이 오늘 남에게 사랑을 베풀며 사는 일이다.

"네가 헛되이 보낸 오늘은 어제 죽은 이가 그토록 그리던 내일이다."

건강하지 않으면 삶의 의미는 반감된다. 봉사를 하면서 많은 분들이 이승을 떠나는 모습을 보았다. 삶과 죽음의 차이는 무엇인가, 사는 게 무엇인가, 무엇을 위하여 이토록 경쟁하듯 살아야 하는가, 모든 게 부질없는데.

어르신 아프지 말고, 천국에서 영면하시길 기원합니다.

나눔과 섬김의 집 봉사

나눔과 섬김의 집 봉사도 어느덧 17년 차가 되어간다. 2005년 5월에 시작한 봉사가 지금까지 이어지고 있다. 하루 150여 명의 어르신이 이곳에 방문하여 점심을 드신다. 저소득층 어르신은 무료 급식이고, 나머지 분들은 1천 원의 식대를 낸다. 무료로 운영하다 몇 년 전부터 일부 유료화가 되었다. 특별히 갈 데가 없다 보니 어르신들은 아침 8시만 되면 급식소 앞에 줄을 선다.

"안녕하세요. 어르신."

"최 씨, 왔어!"

인사를 건네는 나에게 줄 서 계신 어르신들이 반갑게 맞아주신다. 종종 농담을 하시는 어르신들도 계신다. 오늘의 조리팀은 무거동 새마을 부녀회 팀이다. 회원들이 몇 명 오지 않았는지 이제 막 도착한 나에게 다급하게 도움을 요청한다.

"아이쿠, 잘 오셨습니다. 양파랑 감자 까주시고, 음식물 쓰레기도 버려주세요."

좁은 공간에서 짧은 시간에 음식을 준비해야 하다 보니 많은 인원이 필요하다. 그렇기에 아침에 요리 봉사자가 늦게 오거나 오지 않을 때면, 사무실 담당자 역시 예외 없이 급식 봉사자로 투입되어 조리를 함께한다.

팀의 구분은 필요하지 않다. 음식을 제때 대접하지 못하면 어르신들은 이해는 하시지만, 기다리는 시간이 길어져 힘들어하신다. 오늘은 현대중공업에서 쌀이 들어와 봉사자들과 같이 20포대를 날랐다. 바쁘게 조리가 끝나고 11시 20분 배식이 시작된다.

"최 씨 여기 밥 더 줘요."
"네"

울산과학대에 다니는 친구가 밥을 들고 달려간다.

"여기 반찬 더 줘요."
"네!!"

모두가 자신의 위치에서 최선을 다한다. 40분간 배식이 진행되는 동안 잔반 정리와 빈 그릇 수거는 젊은 학생들이 맡아서 전담한다. 이때 나는 밥솥과 국 통 세척을 맡는다. 뜨거운 밥솥과 국 통이 왔다 갔다 하다 보면 화상의 위험이 있어 학생들이 다칠 수도 있기 때문이다. 이 일을 하며, 화상을 많이 입어 봤다. 이제는 요령이 생겨 조심하지만, 모두가 안전을 지키지 않으면 큰 사고로 이어지기에 더욱 세심하게 안전 관리에 힘써야 한다.

봉사, 그대에게 향기를 주면 난 꽃이 된다

그렇게 정신없는 한 시간이 지나고 나면, 온몸에서 땀이 흘러내린
다. 마지막 잔반 정리와 행주를 빨아 건조기에 넣고 오늘 하루를 마
감한다. 매일 오시는 할머니 한 분이 가시지 않고 나를 불렀다.

"최씨, 고생 많은데 밥이나 사드세요."

할머니께서 나의 손을 잡아 2만 원을 꼬깃꼬깃 접어서 주신다. 괜
찮다고 극구 사양해보지만, 옆에 계신 할머니들이 괜찮다며 눈치를
주신다. 계속 사양할 수 없어 받고 고맙다는 인사를 드렸다. 할머니
손을 꼭 잡아드렸다. 사탕을 주시는 어르신, 밥을 먹자는 어르신 등
모두가 감사한 분들이다.

봉사자와 어르신 모두의 미움을 산 어르신이 한 분 계셨다. 80이
넘으신 분인데 들어오시면 의자에 손수건을 깔고 앉았다. 그리고 배
식을 하는 중간중간 반말로 소리치신다.

"야! 반찬 더 가져와. 밥 빨리 안 주나."

안하무인이었으며, 많은 어르신들과 다투고, 봉사자와 다투는 모
두가 경계하는 분이었다. 그러던 어느 날, 어르신 한 분이 조심스럽
게 그분에 대해 말씀하셨다.

"그 사람 울산대학교 병원 중환자실에 입원해서 다 죽어간다고 하던데."

그 말을 들은 이후로는 더 이상 그 분을 볼 수 없었다. 나이 값을 하지 못하고 내 마음대로 살다 보면, 주위에는 아무도 남아 있지 않는다. 내가 어떻게 살고 있는지 나이에 상관없이 생각해 봐야 한다. 어르신들의 식사를 챙기고, 봉사자들의 식사가 끝이 나면 청소를 시작한다.

"청소 시작합니다. 왼쪽 방은 축협 팀이 맡아 주세요. 다른 방은 학생들이 해주시면 됩니다."

나와 함께 봉사하는 황동철 후배가 청소를 분배한다. 조리, 요리, 급식소 수리까지 이제는 무엇을 맡겨도 아주 잘한다.

5년 전, 노숙을 하던 한 분이 무료 급식소에 자주 오셨는데, 씻지도 않고 옷에서도 냄새가 심해 아무도 가까이 가지 않았다. 사무실에 문의해 보니 경남 김해가 고향인데 집도 없고, 가지도 않는다고 하였다. 그 분을 집으로 모시고 와 목욕을 시키고 옷을 갈아입혔다. 그리고 전에 다친 다리가 너무 아프다고 해서서 태화병원에 입원을 시켜

봉사, 그대에게 향기를 주면 난 꽃이 된다

주었다. 이때 보증 설 사람이 없어 내가 보증을 섰다. 그리고 입원비 36만 원도 계산해주었다.

"감사합니다. 입원비까지 내어 주시고."
"이제 술 그만 드시고 김해 가족도 찾고 하셔야죠."
"거기는 안 간 지 오래되어서 가지 않으려고 합니다. 정말 고맙습니다."

그렇게 한 달가량 입원 후, 퇴원을 하셨다. 그리고 한동안 급식소에 가끔씩 찾아오셨는데, 어느 날부터는 급식소에 아예 나오지 않으셨다. 수소문해 보니 지난겨울에 동사하였다고 했다. 조금 더 신경 써서 보금자리라도 만들어 드렸으면 하는 아쉬움과 안타까움이 나를 혼란스럽게 만들었다.

남구청에서 식대를 지원받고 나머지 운영은 기부금으로 충당을 하다 보니 시설 운영에 많은 돈이 들어간다. 한 번은 냉장고와 배기 팬이 동시에 고장 나서 급하게 300만 원의 사비를 지원한 적도 있었다. 다행히도 울산 감리 교회에서 매월 20만 원을 지원해주고 있으며, 매주 목요일 조리 봉사를 하고, 연말이면 어르신에게 선물을 주는 등 많은 도움을 주고 있다.

SK 에너지 팀은 봉사를 시작한 지 오래되었다. 내가 오기 전부터 시작했으니 오랜 역사를 이어가고 있는 것이다. 회사 차원의 지원도 많이 하고 있으며, 봉사자 또한 교대로 근무하며 조를 짜서 운영하고 있다. 또 회사의 사회 공헌 팀이 오래전부터 전담하며 봉사자들에게 인센티브도 주고 있다. 봉사하는 사원에게 적정한 보상은 필요하다. 늘 강조하는 이야기지만 사회 공헌 없이는 기업도 살아남지 못한다는 것을 명심해야 한다.

코로나 사태로 2년 전부터 급식 봉사는 중단이 되었고, 금요일에 반찬과 햇반 등을 봉지에 담아 월요일 아침에 어르신들에게 나누어 주는 대체 급식을 하고 있다. 화목회에서도 선암동에서 무료 급식을 해왔기 때문에 매주 목요일 대체 급식을 나눠 드리고 있다. 작년부터 몇몇 어르신이 돌아가셨다는 이야기가 들린다. 소문보다 훨씬 많은 분들이 돌아가셨을 것 같아 걱정이 앞선다. 하루빨리 코로나가 사라져 건강하게 어르신들을 만나고 싶다.

아직도 도움을 받아야 살아갈 수 있는 사람이 많다. 그리고 아직도 도움을 주고 싶어도 방법을 몰라 실천하지 못하는 사람이 많을 것이다. 난 그런 마음을 이어줄 다리가 되고 싶다. 이 글을 읽고 봉사나 기부를 할 사람이 있다면 이 책의 맨 끝부분, '에필로그'에 있는 작가의 연락처로 연락해주시면 많은 도움이 될 것이다.

봉사, 그대에게 향기를 주면 난 꽃이 된다

정자동·학성동·서동 어르신 댁의 방문 이발

　코로나19가 시작되면서 많은 변화가 있었다. 매월 넷째 주 일요일에 방문하던 태연재활원 이·미용 봉사 및 목욕 봉사를 가지 못하고 있다. 그래서 선생님들이 친구들의 머리를 서툴지만, 요령 있게 다듬고 계신다. 코로나19로 인해 어쩔 수 없는 현실이다. 선생님의 일이 더 늘어나 고생하시는 모습이 눈에 선하다. 그나마 선생님들을 충원하여 조금의 여유를 가지게 된 것은 큰 다행이라 생각한다.

　나는 현재 거동이 불편하신 어르신 세 분의 댁에 직접 방문하여 이발 봉사를 하고 있다. 모두가 연세가 있어 몸이 불편하시다. 첫째 주는 정자동, 둘째 주는 학성동, 셋째 주는 서동으로 나누어 가족과 함께 간다. 아들이 옆에 근무하고 있어 함께하니 많은 힘이 된다. 자주 해오던 일이라 안 간다고 하면 그만이지만, 가능하면 자연스럽게 나의 일을 도와준다. 아침 주간 근무를 하고 빡빡한 도시를 지나 주전 몽돌 해변을 거쳐 30분을 이동하면 정자동 어르신 댁이 나온다.

'별이 쏟아지는 해변으로 가요. 해변으로 가요'

음악 소리에 맞추어 파도 소리를 들으며 잠시 여유를 가져본다. 아주머니는 아침 8시가 되면 횟집에 출근하시고, 아들은 직장을 얻어 시내에 살고 있다. 그렇기에 낮에는 어르신 혼자 집에 계신다. 연세는 그렇게 많지 않은데, 몸이 아주 편찮으시다. 15년 전에 암 수술을 하였고, 지금은 파킨슨병이 온 상태이다. 오전에는 몸이 굳어 움직이시지 못하고, 오후 두 시가 되어야 몸이 풀려 움직이실 수가 있다. 이발을 하러 오후에 가는 이유이다. 며칠 전 미리 아주머니에게 전화를 드리고 북구 자원봉사센터에도 연락하고 방문을 했다. 이발하기 전 머리를 감기지 않으면 이발하기 힘들다며, 아주머니께서 어르신의 머리를 감기고 출근하셨다.

"안녕하세요. 잘 계셨어요?"

봉사, 그대에게 향기를 주면 난 꽃이 된다

절뚝절뚝 불편한 다리로 의자에 앉으셨다. 어르신도 사는 게 사는 게 아니라고 하셨다. 너무 고통스러워 잠을 못 주무시다 보니 얼굴이 어두워 보였다.

"살을 도려내는 것처럼 아파 너무나 힘이 드네요. 진통제를 먹어도 별로 나아지지 않아 걱정입니다."
"그러시군요. 조금이라도 나아지셔야 할 텐데…."

길지 않은 시간이지만, 어르신은 몸을 가늘게 떨며 의자에 간신히 앉아 계신다. 누워서 생활하다 보니 머리가 붙어서 이발을 해도 그렇게 예쁘지는 않은 게 사실이다. 게다가 내가 전문 이발사도 아니고 하니, 정말 미안할 때도 있었다. 경력만 20년이지 사실 실력은 초보이니까. 아들은 이발하는 동안 어르신의 얼굴에 묻은 머리카락을 떼어드린다.

"아버지 이쪽에 조금 더 치는 것이 좋을 것 같아요."

아들과 함께한 시간이 고맙고 감사하다. 내년이면 아들은 결혼을 한다. 자주 봉사할 수는 없겠지만, 함께 하는 시간을 할애해주었으면 하는 작은 바람이다.

20분의 이발이 끝나면, 머리를 털고 청소를 시작한다. 아들이 청소기를 들고 다른 방까지 말끔하게 청소를 마쳤다. 어르신의 몸이 불편해 머리를 감기는 것은 어려워 이발만 하고 마무리한다.

"일하고 힘들 텐데 여기 먼 곳까지 와줘서 고마워요. 여기 식혜 한통 가져가요."

"아이고, 어르신 괜찮습니다. 어르신 드세요."

"어젯밤에 집사람이 만들었는데 맛이 있을지 모르겠네요. 집사람이 까먹지 말고 챙겨드리라고 했어요. 꼭 가져가셔야 합니다."

"하하, 감사합니다. 다음 달에 또 올게요. 그때까지 건강 잘 챙기시고 힘내세요."

그렇게 인사를 건네면, 어르신은 힘겹게 따라 나오셔서 아들과 나의 손을 잡아주신다.

학성동의 어르신은 청각 장애를 가지고 계신다. 미리 연락을 하고 가더라도 현관문을 잠그고 계셔서 그냥 돌아올 때도 있었다. 아무리 크게 이야기를 해도 못 알아들으신다. 마스크를 벗고 입 모양을 봐야 고개를 끄덕이신다. 이 어르신은 아주 낡은 빌라에 살고 계신다. 할머니는 당뇨가 심해 투석을 할 정도로 건강이 악화되어 있는데, 병원

봉사, 그대에게 향기를 주면 난 꽃이 된다

에 모시고 갈 사람이 없어 요양 병원에 모시고 있다고 하셨다.

"어르신 할머니 많이 보고 싶으시죠?"

귀에 대고 힘껏 소리쳤다. 고개를 끄덕이며 한참 동안을 우신다.
어디 하소연할 데도 없고 몸도 불편하니 할머니 생각이 많이 난다고
하신다. 봉사를 하다 보니, 상대방의 말을 들어주는 습관이 생겼다.
어르신께서는 아들이 있는데 필리핀에 있어 보지 못한 지 오래라고
하셨다. 또 투석 비용이 많이 들어갔는데 김현주 복지센터장 덕분에
이제는 비용이 얼마 들어가지 않아 좋다고도 하셨다.

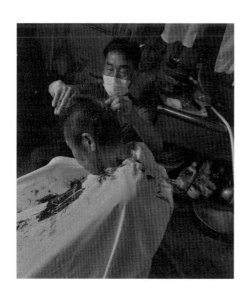

아내가 청소를 하고 어르신 댁을 나선다. 한 달이 지나는 사이에 다시는 못 뵐 수도 있다는 생각이 들기도 한다. 나는 늘 이별을 달고 살고 있다. 어르신들의 외로움, 소외감을 해결할 수 있는 해결책이 마련되어야 한다.

현대인은 건강에 신경 쓸 겨를이 없으니 몸이 망가지는 것도 모르고 사는 경우가 많다. 그러려니 하고 살아가는 것이다. 아파서 병원에 가면 그때는 이미 늦은 경우가 많다. 건강은 경제력과 비례한다는 말이 맞지만, 때를 놓쳐 중병이 되는 사례를 너무 많이 봤다. 먹고 사는 것이 우선이라는 논리에 건강은 뒷전이 된 꼴이다.

우리 어머니는 저녁 여섯시 반에 나에게 꼭 전화를 하신다. 올해 89세인데 작년부터 형제들에게 전화를 더 자주 하신다. 큰 누님에게는 다섯 번, 다른 형제들에게는 최소한 한 번씩은 하신다. 시골에 혼자 계시고, 몸이 좋지 않으니 곧 돌아가실 것 같다는 것을 스스로 예견하는 것 같아서 마음이 짠하다. 나이가 들어가는 만큼 곧 죽음이 가까워져 온다는 것을 스스로 느끼시는 것인지…. 그래서 요즘 어머니를 보러 한 달에 한 번은 가려고 한다.

"내가 죽더라도 형제간의 우애는 변하지 말 거라."

봉사, 그대에게 향기를 주면 난 꽃이 된다

수화기 너머 목소리에서 자식 사랑의 흔적이 역력하다. 그리고 이제는 어머니의 말이 더 간절하게 들려온다.

서동의 할아버지는 고혈압이 있고, 거동이 조금 불편하실 뿐 큰 병은 없다. 다만, 작은 빌라에서 혼자 살고 계신다. 초인종을 누르고 할아버지 댁으로 들어간다. 요양 보호사 선생님이 얼마나 청소를 잘해놓았는지 집이 반들반들할 정도로 깨끗하다. 할아버지가 나를 보고 환하게 웃으시며, 반갑게 맞아주신다.

이처럼 매곡동의 자폐아, 다운동의 할머니, 성남동의 장애인 어르신 등 이발 봉사를 통해 많은 인연을 만들었다. 나에게는 대수롭지 않은 일이지만, 그분들에게는 소중한 일들이기에 꾸준히 찾아가고 있다. 어르신의 이발은 의외로 쉽다. 머리카락이 많이 없어 조금만 손질하면 깔끔해진다. 이제는 이발뿐 아니라 어르신들의 진정한 말벗이 되고 싶다.

김현주 소장과의 인연,
서동 어르신 댁 도배장판 봉사

연화e 재가노인서비스 지원센터에서 김현주 복지센터장님을 처음 만나, 반찬을 지원받으실 어르신을 소개받았다. 그리고 소개받은 어르신의 반찬 지원과 경제적 지원을 몇 년간 하며 도움을 드렸다. 그러다 4년 전, 김현주 센터장님이 독립을 하면서 북구 화봉동에서 노인 재가 사업을 시작하였다. 센터장님은 내가 넝쿨한우리후원회를 운영하는 것을 알고 있었기에 가끔 전화로 도움을 요청하곤 하였다. 넝쿨한우리후원회에서 3년 전에도 도움을 드렸던 서동 할머니의 기억이 난다.

봉사, 그대에게 향기를 주면 난 꽃이 된다

2021년 8월의 어느 날, 전화가 한 통 왔다. 중구 서동에 할머니 한 분이 살고 계시는 집에 도배를 새로 해야 하는데 돈이 없어 할 수 없다며, 지원을 요청하는 전화였다. 센터장님이 관리하는 독거노인 댁이었다. 도배만 하면 된다고 해서 흔쾌히 승낙하였다. 넝쿨한우리후원회는 매년 4월경에 도움 드릴 분을 선정하여 늦어도 5월에는 선정을 끝낸다. 다만, 이번 일처럼 예외도 있어서 감사님과 넝쿨한우리 회장님께 설명을 하고 지원한 적도 몇 번 있었다. 그래서 이번에도 센터장님과 함께 어르신 댁에 방문해서 확인을 한 후, 넝쿨한우리후원회에서 지원해볼 참이었다.

경사가 너무 심해서 차로는 갈 수 없는 오지 중의 오지에 집이 있었다. 또 집이 자가이다 보니 정부 지원도 받을 수가 없었다. 할머니에게는 자식은 없고, 입양한 아들이 하나 있었다. 그는 정신 질환을 앓고 있어 수년 동안 집을 나간 적이 없다고 하였다. 그러다가 얼마 전부터 아들 상태가 심해져 입원을 하게 되었고, 이틈에 도배를 새로 할 작정이었다. 집을 짓고 도배를 한 번도 하지 않았기에 아들이 퇴원을 하고 오면 조금 더 깨끗한 환경에서 지냈으면 하는 부모의 간절한 마음이 담겨있었다.

집을 둘러보니 싱크대도 다 내려앉아 있었다. 장판은 언제 했는지 그래도 좀 나았다. 이어서 아들 방문을 열어보니 담배 연기에 찌든 벽지가 연초 봉지같이 누렇게 변해있었다. 60만 원이 아니라 몇 백만 원이 들어갈 것 같다는 생각이 들었다. 그때 센터장님이 말씀하셨다.

"회장님 심각하죠?"
"흠, 도배가 아니라 집안 전체를 리모델링해야겠네요."

방법을 찾아 싱크대까지 바꾸는 계획을 세우고 돌아왔다. 그리고 곧바로 후원할 수 있는 사람을 찾아보았다. 60만 원 이상을 쓰기에는 우리 후원회에서도 무리가 있었기 때문이다.

회사 내 도배장판 봉사 활동을 하는 동아리를 찾아 도움을 요청하였다. 때마침 무료 급식소에서 봉사 활동을 함께하는 김계수 씨가 도배장판 봉사를 하고 있었다. 그는 코로나19 인해 개점휴업 상태에서 급식소 봉사를 시작했다고 하였다. 그렇게 해서 김계수 씨와 총무 유병갑 씨와 함께 다시 답사를 하러 할머니 댁에 방문하였다. 잠시 뒤, 현장을 둘러보던 김계수 씨가 고개를 저으며, 조심스럽게 말하였다.

"형님 도배, 장판, 싱크대, 전기 시설까지 바꾸려면 장난이 아닙니다. 저희도 도울 여력이 없습니다."

그 말을 들은 센터장님은 어떻게 안 되겠냐며 우리의 눈치만 보고 계셨다. 그때 곰곰이 생각하던 유병갑 총무가 입을 열었다.

"그러면 우리 봉사회와 거래하고 있는 사장님께 견적을 의뢰해보면 어떻겠습니까?"

그렇게 해서 우선 전체 경비가 얼마나 들어가는지 견적을 의뢰하였다. 의뢰 결과, 싱크대와 도배장판 전체, 등기구와 콘센트 플러그 등 최소 150만 원이라는 예상 견적이 나왔다. 견적을 듣고 나니 머릿속이 더욱 복잡하였다.

"넝쿨한우리후원회에서 100만 원을 지원하고 나머지는 유병갑 씨 봉사 단체에서 부담하는 것으로 해봅시다. 나도 회장단 결정이 나와 봐야 합니다."

그렇게 말하고 며칠이 지났다. 유병갑 총무가 전화가 왔다.

"형님 H 플레너에서 한시적으로 지원하는 프로그램이 있네요. 최대 100만 원까지 지원해준답니다. 형님 단체에서 100만 원 신청하고 우리가 100만 원 올려서 추진하면 될 것 같습니다."

반가운 연락이었다. 현대자동차에서 사회 공헌 기금의 하나로 매년 진행되던 행사였으나 코로나로 중단되었다가 연말에 한시적으로 시행하고 있었던 것이다. 덕분에 일은 빠르게 진행이 되었다. 업체에서 싱크대 치수를 재어가고, 도배장판과 가스레인지, 콘센트 등 합계 금액이 220만 원이 나왔다. 이번에는 가스레인지와 조금 더 나은 자재로 견적을 뽑아서인지 금액이 높게 나왔다. 사장님도 이러한 사정을 알아서인지 많은 도움을 주셨다.

"좋은 일 하시는데 200만 원에 다 해 드리겠습니다."

봉사 당일 현규, 우선미. 이승복 등 넝쿨한우리후원회에서 4명이 참석하였다. 도배장판 봉사자는 10명이 참석하여, 아침부터 저녁까지 정말 많은 고생을 해주었다. 싱크대 철거, 벽지와 장판 걷어내기, 장롱 정리, 전기 시설 보수 등 최선을 다해 도움을 주셨다. 그렇게 오후 4시에 저녁을 먹고 일과를 마무리하였다. 김현주 센터장님의 열정이 인연을 만들었고, 그 결과로 할머니 댁의 묵은 걱정거리를 해결하였다. 야간 근무 후 잠도 못 자고 종일 함께해 준 유병갑 총무와 평일 봉사단 단원들에게 감사를 전한다.

한 사람이 하면 어렵지만 여러 사람이 함께하면 힘은 배가 된다. 그것이 '함께'라는 힘이다. 그것이 더불어 사는 세상을 만든다. 봉사를 할 때면 금전적으로 도움을 주기 힘들 때도 있다. 예산의 한계 때문이다. 그러나 그럴 때마다 포기하지 않고 방법을 찾으면 방법이 꼭

생긴다. 세상사도 마찬가지인 것 같다. 어려움이 닥쳐왔을 때 포기하
지 않고 끝까지 방법을 찾으면, 방법은 꼭 생기기 마련이다. 안 된다
고 포기하면 되는 일도 되지 않는 것이 세상사다.

봉사의 대물림, 다운동 할머니와 손자 이야기

많은 사람을 도왔는데, 그중 성공적인 사례를 하나 소개하고자 한다. 20년 전의 일이다. 남구의 한 세대를 5년 정도 도운 적이 있었다. 이 세대에는 할머니와 아버지, 그리고 아들 둘이 살고 있었는데, 우리가 도움을 주기 시작한 지 얼마 지나지 않아 아버지가 세상을 떠나게 되었다. 그때 우리 봉사 회원들이 휴가를 내고 밀양 선산에 모셨다. 그리고 꾸준히 봉사를 이어왔는데, 몇 년 전에는 할머니가 돌아가셔서 장례식장을 다녀오기도 하였다.

세월이 흘러 손자가 자라 결혼할 때, 결혼식에도 다녀왔다. 어리던

봉사, 그대에게 향기를 주면 난 꽃이 된다

손자가 벌써 마흔하나가 되어 봉사회에 회원으로 들어왔다. 부의 대물림이 아니라 봉사의 대물림이니 사회적 효과는 엄청나다고 생각한다. 살다 보니 생각해 보지도 못한 결과들이 세상을 아름답게 변화시키고 있다. 봉사 단체 회원의 봉사가 큰 빛을 발하고 있는 것이며, 이런 일을 겪을 때마다 큰 보람을 느낀다.

이 사례와 함께 오랫동안 도운 또 다른 사례가 있다. 처음 방문했을 때 할머니와 손자 2명, 그리고 삼촌이 함께 살고 있었다. 당시 큰손자가 6학년, 작은손자가 4학년 되는 어린 학생들이었다. 큰손자가 4학년 때 아버지가 지병으로 돌아가셨고, 할머니와 결혼하지 않은 삼촌이 함께 조카를 돌보는 상황이었다. 매주 방문하며 여성 회원들은 할머니와 말벗이 되어 주었고, 나는 손자 방으로 가서 아이들의 이야기를 들었다.

큰손자는 몇 달간 말을 잘 하지 않고 눈치만 보았다. 그래서 함께 밖으로 나와 햄버거도 먹이고, 다른 친구들도 불러 함께 하는 자리를 많이 만들었다. 작은손자는 어리다 보니 나와는 대화가 잘되는 편이었다. 호기심도 많았고, 형처럼 눈치를 보지도 않았다. 얼굴이 여자아이처럼 곱상하게 생기다 보니 주위에 친구도 많았다.

큰손자가 동생에게 나무라듯 이야기해도 동생은 아랑곳하지 않고, 오히려 형에게 대들기도 하였다. 아버지가 돌아가신 것에 큰 충

격을 받아 어린 마음에 많이 방황하며, 부정적인 모습으로 변해 버린 것 같았다. 또 삼촌과의 잦은 마찰도 아이들은 싫었던 모양이다. 삼촌은 조카들이 잘되길 바라는 마음으로 조금은 강압적인 모습으로 아이들을 대하였는데, 아이들의 반발을 사기도 하였다. 세대 차이가 아이들을 더욱 힘들게 하는 것 같았다.

이후, 시간이 지나면서 아이들은 스스로 공부를 하기 시작하였다. 그렇게 큰손자는 공고에 진학하여 대기업에 취업하였고, 가끔 안부 전화도 하며 지낸다. 작은손자 역시 한국전력 자회사에 취업하여 열심히 사회생활을 하고 있다. 나도 여전히 명절에 한 번씩 할머니 댁에 방문을 하고 있다. 할머니는 내가 방문할 때마다 그 당시 함께했던 봉사자들의 안부를 물으시고 고맙고 감사하다며, 모두들 보고 싶으니 함께 와서 차라도 한잔하고 가라고 하신다.

우리가 돕는 많은 이들은 우리에게 가정사를 이야기하기도 한다. 남에게 자신의 일을 이야기한다는 것은 쉽지 않은 일이다. 봉사자들이 진정성을 가지고 대하지 않았다면 불가능한 일이라고 생각한다. 우리가 방문하여 봉사하는 일들이 성격은 다르겠지만, 요즘 정부에서 시행하는 요양 보호사 제도와 비슷한 것이 아닐까 생각한다. 우리가 선구자의 역할을 한 셈이다. 재활원을 찾아가 원생에게 매월 봉사하고, 매주 지정된 세대를 방문한 지 30년이 되었다. 그동안 열 세대를 방문하여 지원하였고, 지금은 다문화 가정과 또 한 세대를 방문하여 돕고 있다.

매월 이들에게 10만 원을 지급하고, 방문할 때마다 과일 등 필요한 물건을 사서 간다. 회사에서 나오는 컵라면과 빵, 우유를 먹지 않고 가져가면 아이들에게 간식으로는 최고이며 인기도 좋다. 그리고 추석과 설날에는 따로 10만 원을 준다. 그렇게 한 가구당 1년 예산이 2백 6십만 원이 소요된다. 두 세대를 방문하니 적은 금액은 아닌 것 같다. 하지만 도움을 받은 사람이 다른 사람을 돕는 순환 과정은 부의 대물림이 아니라 봉사의 대물림이라 할 수 있어 후회는 없다.

PART
——
4

태연재활원 친구들

태연재활원 친구들은 나의 인생, 그리고 희망

　김재호 초대 회장의 제의로 1992년 창단된 넝쿨한우리봉사회는 2년간 울산양육원을 방문하였다. 그리고 1994년부터는 매월 세 번째 일요일 울산시 북구에 위치한 태연재활원을 방문하여 봉사를 하였다.

　2년간 울산양육원에서 봉사를 하다가 봉사처를 옮긴 이유는 아이들이 마음을 열지 않고, 쉽게 다가갈 수 없는 상황이 지속되었기 때문이다. 짧은 인연이었지만, 아이들과의 추억이 많이 남아 있다. 다만, 계속하여 함께하지 못하고 떠난 것이 정말 미안하고 안타깝다. 여건이 되지 않았기에 더 큰 상처를 주지 않기 위해 내린 결정이었다. 이

봉사, 그대에게 향기를 주면 난 꽃이 된다

경험을 통해 친구들이 양육원을 떠날 때까지 봉사자와 후견인을 연결하는 제도를 만들었으면 좋겠다고 생각하였다. 무분별하게 방문하여 아이들의 상처를 키워서는 안 된다. 일시적 만남이 아닌, 꾸준한 인연으로 이어져야 한다. 청소년 아웃리치 상담을 하면서 장기적인 만남은 상처를 치유하고 친구들의 마음을 열게 하는 것을 경험하였다.

다음으로 봉사를 시작한 태연재활원은 장애가 있는 친구들이 있는 곳이며, 부설 태연학교에서는 고등학교 과정을 거쳐 초급 대학까지 공부할 수가 있다. 그래서 그런지 이곳에는 장애인이지만 다재다능한 친구가 정말 많다. 의미 있고 다행스러운 일이다.

매년 12월에는 재활원 친구 30여 명을 울산 시내로 데리고 와서 짜장면을 먹이고, 내 누님이 운영하는 노래방에서 서너 시간을 노래하게 한다. 한 친구는 모르는 노래가 없을 정도다. 가사를 다 외우는 등 노래에 탁월한 재능을 가지고 있다. 또 아이들은 한번 잡은 마이크를 놓지 않으려고 서로 치열한 눈치작전을 펼치기도 한다. 그런 모습이 내 눈에는 마냥 사랑스럽기만 하다. 사람의 감정은 장애가 있는 사람이나 없는 사람이나 똑같다. 장애로 인해 표현이 서툴 뿐이지 하나도 다른 것이 없음을 태연재활원 아이들을 보며 느꼈다.

태연재활원 친구들은 자주 와보지 못하는 노래방이다 보니 늘 아쉬워하며 더 놀다 가고 싶어 한다. 그래서 일 년에 한 번 정도 돌아오는 행사 계획을 꿰뚫고 있으며, 또 손꼽아 기다린다. 태연재활원 친구들 가운데는 전국 장애인 체전에 나가서 메달을 따는 등 훌륭한 친구도 많이 있다. '모두가 우리 아이'라는 재활원의 원훈처럼 오랜 역사에 걸맞게 체계적인 교육과 훈련이 되고 있음을 우리도 몸소 느낀다.

넝쿨한우리봉사회는 최고의 봉사회로 알려져 있다. 우리 단체는 태연재활원의 여러 봉사 팀 가운데 유일하게 친구들의 사회 적응을 돕는 훈련을 하고 있다. 1월에는 어린이 연극을 관람하고, 2월에는 눈썰매나 도자기 체험, 3월에는 민속놀이를 배우기 위해 부산까지 이동한다. 4월에는 벚꽃 구경, 5월에는 태화강 국가 정원 소풍이나 사생대회, 6월에는 전통 시장을 방문하여 순대, 떡볶이 등 평소 먹지 못했던 음식을 골고루 먹고 돌아온다. 그 외 경주 수목원, 양산 통도사, 석남사 등도 둘러본다. 야외에서 삼겹살 파티도 하는 등 봉사자와 친구들 모두가 재미있어 한다. 그래서 매월 태연재활원에 봉사를 하러 갈 때마다 6~70명의 봉사자가 모여 성황을 이룬다.

세월이 흐르자, 이제 성인이 되어 가는 친구의 모습도 보인다. 같이 나이를 먹어 간다고 하는 표현이 맞는 것 같다. 태연재활원은 1988년, 고 김태호 국회의원이 세운 울산 최초의 장애인 복지 시설이다. 현재 200여 명의 장애인과 사회 복지사 선생님 등 120여 명이 교대로 근무하고 있다. 산 중턱의 남향인 태연재활원의 모습은 펜션 단지로 오인할 정도로 아늑하다. 우리가 봉사를 시작할 당시에는 봉사를 하는 사람도 많지 않았으며, 봉사에 대한 개념도 미비해 질보다는 양으로 하는 시대였다.

1994년, 봉사를 처음 시작하던 해부터 매년 12월에는 청춘 남녀가 모여 율동하며, 학예 발표회를 함께 하였다. 그리고 이 학예 발표회에는 봉사자들도 한 꼭지를 맡아 율동도 하고, 합창도 하며, 한 해를 보낸다. 또 매월 5천 원의 회비로 원생들의 간식을 사는 등 순수하게 봉사를 위한 경비로 사용하였다. 당시에는 이동 차량이 많지 않아 효문 로터리 육교 밑이나 공터에 모여 함께 이동하였다. 친구들의 방을 방문하여 놀아주는 것이 그때에는 봉사였다. 자동차가 많지 않으니 걸어서 정자 바닷가에서 산책하고, 운동장에서 공놀이하는 것이 전부였다.

재활원이 신축하여 대안동으로 이전하면서 25인승 미니버스를 처음으로 사용할 수 있었다. 그때부터 울산 시내와 경주, 부산을 다니며 다양하게 봉사할 수 있어 너무 좋았다. 나는 미리 대형 면허를 취득하였기에 재활원의 허락을 받고 운전을 하는 등 봉사를 하였다. 다만, 자동차 상태가 좋지 않았고, 나 또한 큰 차를 몰아 보지 않았기에 부담이 많이 되었다. 그러나 태연재활원 친구들과 다니는 시간은 너무나 행복하였다. 그렇게 5~6년 동안 25인승 미니버스를 운전하였고, 다시 5년은 35인승 버스를 운전하며 부산까지 영역을 넓혀 다니기도 하였다. 지금 생각해보면 밤샘 근무를 하며 졸린 눈으로 경주 양남 원자력 발전소 고개를 넘어 토함산에 있는 석굴암까지 다녔던 기억들이 너무나 아찔하다. 게다가 요즘처럼 내비게이션이 없다 보니 조수가 필요하였다. 손민수, 오동주, 이강희 회장이 나의 짝지가 되어 재활원을 오가며 많은 고생을 하였다.

나의 운전 실력이 초보이다 보니 태연재활원을 올라갈 때 많은 고생을 한 경험도 있다. 운행하다 우선멈춤을 하니 차가 계속 뒤로 내려가는 일이 있었다. 기어가 잘 들어가지 않은 것이다. 라이닝 타는 냄새가 진동을 하였다. 태연재활원 친구들은 긴장을 하여 여러 곳에서 '아! 아~' 하며 비명을 쏟아냈다. 날은 저물고 차창 밖에는 어둠만 보이니 누구라도 비명을 지를 법도 하였다. 당시 태연재활원 친구들도 긴장을 하였지만, 운전을 하던 나는 사실 더 긴장하고 있었다. 또

봉사, 그대에게 향기를 주면 난 꽃이 된다

한 번은 시내에서 커브를 돌다가 승용차를 긁어 흠집을 내기도 하였고, 재활원으로 복귀하다 거름을 싣고 다니는 차가 와서 들이받는 바람에 홍역을 치르기도 하였다. 정말 아찔한 순간들이었다. 그런 일들이 이제 아련한 추억으로 남았다.

태연재활원에 가서 친구들을 태우고 봉사 목적지로 가려면 최소 2~3시간 전에 출발을 해야 한다. 회사에서 12시간 잠 한숨 자지 않고 일을 한 후, 다시 태연재활원의 버스 운전을 했는데 큰 사고가 나지는 않았으니 정말 다행이라고 생각한다. 나의 버스 운행 기록은 10년 전에 멈추어 있다. 퇴직 후 버스를 운전해 보고 싶은데, 아마 써주지 않을 것 같다. 초보운전의 경력을 아무도 인정해주지 않지만, 내 마음은 뚜렷하게 기억할 것이다. 태연재활원 친구들과의 소중한 시간들을. 그리고 몇 년간 나를 도와 운전을 함께한 현규 회장님께도 감사의 말씀을 드린다.

재활원 친구 중에는 대소변을 가리지 못하는 친구가 몇 명 있었다. 그 친구들을 데리고 화장실에 가서 대소변을 보게 하고 뒤처리를 해야 하는 과정이 한동안 익숙하지 않아 많은 고생을 하였다. 아마 회원들도 나와 똑같은 전철을 밟았을 것이다. 하지만 오랜 세월 함께하다 보니 이제는 친구들의 성향을 알아 일사천리로 처리한다. 넝쿨한우리봉사회에 봉사를 맡기는 이유가 이런 것들을 잘하기 때문인 것 같다. 무엇을 맡겨도 잘하는 회원들에게 박수를 보낸다.

우리 봉사 회원 중에 현대자동차 사내 식당에 영양사로 계시는 신순아 회원이 있다. 야외 활동이나 소풍을 갈 때면 어김없이 어묵국이나 된장국을 끓여 오신다. 봉사를 갈 때마다 6~70명은 기본인데, 1년에 한두 번은 꼭 음식을 해 오시는 것이다. 2~3천 명의 식수 인원이 기본인 현대자동차의 식당 일을 책임지고 있어 엄청난 스트레스를 받고 있는데도 한 번도 빠진 적이 없으시다. 게다가 요즘은 식당 개선 공사로 토요일, 일요일 없이 일하고 계신다. 그래서 몸과 정신이 분리된 것 같이 피곤하고 힘들다고 말씀하신다. 사람이라면 누구나 일요일에 쉬고 싶은 마음이 드는 것은 당연한 일이다. 그러나 늘 베풀고 함께하고자 하는 신순아 회원의 마음은 20년이 지나도 변하지 않는다. 고맙고 또 고마운 일이 아닌가. 봉사 단체가 아니면 볼 수 없는 아름다운 모습이다.

얼마 전, 신순아 회원님의 시아버지가 돌아가셨다. 회사에서도 상갓집 방문을 자제하는 상황이었지만, 나는 조퇴를 하고 부산에 있는 상갓집을 방문하였다. 코로나19 핑계로 안 갈 수도 있지만, 코로나19보다 더 무서운 질병이 찾아와도 가봐야 한다는 마음은 변하지 않았다. 코로나19와 같은 질병이 사람의 정성을 이기지는 못하기 때문이다. 봉사를 하다 보면 정말 마음씨 좋고, 배려하는 봉사자들을 많이 만나게 된다. 30년의 역사를 이어 올 수 있었던 것도 좋은 사람들이 많은 까닭이다.

권영은, 김균순 형님 부부는 떡 과일 등을 많이 들고 와서 늘 베푸는 삶을 사신다. 10년 전 형님 부부가 양정동에서 삼겹살 가게를 운영하셨는데, 야음동 할머니와 동희네 가족을 몇 번이나 초청하여 무료로 식사를 대접하셨다. 김진화 형님은 대한민국 명장으로 선정되어 상금 2천 만 원을 받으셨는데, 그중 200만 원을 넝쿨한우리봉사회에 기부하셨다. 또 울산을 떠나도 늘 회비를 내며 넝쿨한우리봉사회를 응원해 주고 있는 송재홍 씨에게도 감사의 이야기를 전한다. 지면에 다 표현하지 못할 정도로 감사한 분들이 많다. 이처럼 봉사라는 것은 그 자체가 감동이고 인간극장이다. 우리는 돈이 많은 사람들의 모임이 아니다. 직장 생활을 하며 짬을 내어 타인을 돕는 모임이다. 봉사를 하는 사람들의 삶에는 공통점이 있다. 늘 배려하고 베풀고 나누려고 하는 마음이다. 너무나 고마운 일이다.

세상을 살아가면서 남에게 피해를 주지 않고 나 혼자, 내 가족만 잘살겠다고 해도 그들을 비난할 사람은 없다. 그리고 많은 사람들이 그렇게 살다가 생을 마감한다. 봉사도 하나의 습관이며, 깊이 빠져들어 가면 중독에 가까운 보람을 느낀다. 함께하는 사람들이 좋기 때문일 것이다. 어디를 가도 사람으로 인해 스트레스를 받기 마련이다. 그리고 그러다 보면 다시는 가기 싫어지기도 한다. 봉사회도 마찬가지이다. 가끔씩 의견 차이로 뜸하게 나오는 회원들이 있다. 하지만 한 가지 다른 것은 그런 경험을 한 회원들 모두 다시 봉사를 나와 열심히 하는 모습을 보인다는 것이다. 그게 바로 봉사의 마력인 것 같다.

2002년 넝쿨한우리봉사회 10주년 행사에는 태연재활원 친구들과 회원들이 함께 조촐한 행사를 하였다. 2012년 20주년 행사에는 2002년에 창단된 넝쿨한우리후원회 10주년과 함께 하였다. 태연재활원 친구들과 선생님들, 그리고 회원들이 참석했는데 200석의 자리가 모자랄 만큼 호응이 좋았다. 함께 활동하다 결혼하여 떠났던 회원, 직장 따라 울산을 떠났던 회원까지 예상하지 못한 사람들도 많이 와서 성황리에 마무리하였다.

2022년 8월이면 넝쿨한우리봉사회 30주년, 후원회 20주년이 된다. 5년 전부터 행사를 진행하기 위해 기금을 모았다. 처음에는 기금 마련을 하지 않고 회원들끼리 간편하게 할 계획이었는데, 토론을 거쳐 태연재활원에 직접 가서 뷔페 음식을 함께 먹는 것으로 계획을 바꾸었다. 2014년 재활원에서 뷔페 행사를 한 적이 있다. 당시에는 지인들의 협찬을 받아서 했는데 태연재활원 선생님과 친구들, 자원봉사자들이 너무 좋아해주어 30주년 행사도 한 번 더 뷔페로 하기로 결정한 것이다. 그래서 떡국 떡 판매 행사가 이루어졌다. 새벽 방앗간에 가서 썰어 놓은 떡국 떡 자루를 차로 싣고 와, 무료 급식소에서 회원들과 봉지 작업을 한 뒤, 회원들의 지인에게 판매하는 방식이다.

봉사, 그대에게 향기를 주면 난 꽃이 된다

행사를 할 때마다 많을 때는 3~4백만 원, 적을 때는 2백만 원 정도의 수익금이 모인다. 물론 새벽에 일어나 떡을 담고 배달하고 나면 몸은 파김치가 되지만, 세상에 태어나 최고의 뷔페를 먹을 친구들을 생각하면 눈시울이 붉어진다. 누구나 세상에 태어나면 건강하고 행복하게 살아갈 권리를 누려야 하지만, 세상의 이치는 그렇지 않은 것 같다.

재활원 봉사를 하다 특별히 기억에 남는 일이 있다. 지금 봉사를 하고 계신 분들이나 계획이 있으신 분들은 이것을 참고하면 더 좋고 알찬 프로그램으로 봉사할 수 있으리라 생각한다. 그것은 바로 재활원 친구들을 데리고 밖으로 나가서 다양한 체험을 할 수 있게 해주는 것이다.

가족이 있는 친구들은 부모님이나 형제들이 찾아와 맛있는 것도 사주고 집으로 외출도 나간다. 하지만 그렇지 못한 친구들은 항상 재활원 안에서 생활을 해야 한다. KTX가 처음 도입 되었을 때, 그런 친구들 몇 명을 우리 집에 초대하여 하룻밤을 재우고, 대전까지 갔다 온 적이 있다. 당시 친구들이 너무나도 좋아했던 기억이 선명하게 남아 있다. 우리에게는 작은 일이지만 아이들에게는 큰 행복이 될 것이다.

우리나라의 「자원봉사 활동 기본법」에는 자원 봉사를 '개인 또는 단체가 지역 사회 국가 및 인류 사회를 위하여 대가 없이 자발적으로 시간과 노력을 제공하는 행위'라고 정의하고 있다. 내가 스스로 대가 없이 봉사를 하다 보면 마음이 받는 보람이라는 상은 자동으로 따라오게 된다. 다음은 법정 스님의 말이다.

"살면서 누구나 꽃이 될 때가 있다. 누군가를 위해 꽃이 될 때는 꽃이 되어 주어야 한다. 꽃이 피어 꽃으로 머무는 기간은 짧다. 꽃으로 피어나야 할 때, 조건 없이 피어나 꽃이 되자. 꽃이 되어 다른 사람에게 행복한 향기를 주자."

통도사 봄 소풍을 다녀와서

태연재활원 친구들과 함께 통도사 봄 소풍을 다녀왔다. 태연재활원의 버스를 운행하고부터는 넝쿨한우리봉사회의 봉사 영역이 많이 넓어졌다. 가족과 함께 할 수 있는 체험 위주의 살아있는 프로그램을 펼칠 수 있게 된 것이다. 그리고 이는 회원들이나 재활원생 모두를 만족시키는 긍정적인 결과를 가져왔다.

통도사 소풍 같은 장거리 여행을 할 때면, 버스 운전을 하는 현규 회장님이나 나는 늘 긴장을 한다. 둘 다 전문 버스 기사가 아닌, 한 달에 한 번 운행을 하는 초보 기사이기 때문이다. 그래서 비가 올 때나 차량 상태가 좋지 않을 때는 운행을 마치고 나면 긴장이 풀려 상당히 피곤하다. 그러나 회원들에게 시간적인 여유를 줄 수 있는 등 긍정적인 면이 많아서 좋다.

오랜만에 떠나는 4월의 봄 소풍이었다. 그 전에 개인적으로 통도사에 놀러 갔다가 저녁 예불에 법고를 치고 계시는 스님과 인연이 되어 식사도 하고, 많은 대화도 나누었다. 그때 스님께서 봄에 친구들과 오면 가이드를 해주겠다고 말씀하셨다. 그래서 통도사 봄 소풍을 진행한 것이다. 그리고 그렇게 진행된 태연재활원 친구들과의 봄 소풍은 원생이나 봉사자에게 따뜻함을 온몸으로 느끼는 즐거운 추억으로 남았다.

봉사, 그대에게 향기를 주면 난 꽃이 된다

완연한 봄은 아니었지만, 무한한 자연의 변화를 코와 눈으로 확인하였고, 가슴으로 천년 고찰 통도사의 기를 마음껏 느낄 수 있어서 좋았다. 암자를 오르는 길가에 흐드러지게 피어난 조팝나무, 라일락 등 봄꽃의 향기는 해묵은 된장만큼이나 구수하고 아름다워 바쁜 일상의 삶을 잠시 잊게 하였다. 땀을 뻘뻘 흘리시며 두 시간 동안 함께해주신 법륜 스님께도 감사의 말씀을 전해드린다.

"삶은 소유물이 아니라 순간순간의 있음이다. 영원한 것이 어디 있는가! 모두가 한때일 뿐, 그러나 그 한때를 최선을 다해 최대한으로 살 수 있어야 한다. 삶은 놀라운 신비요, 아름다움이다."

시간은 장애인이나 비장애인을 차별하지 않고 흐른다. 우리의 삶도 순간을 거쳐 가는 가운데 봉사하며 삶을 만들어간다. 넝쿨한우리 봉사회 회원과 후원회 회원 가운데 유명을 달리한 사람들이 있다. 봉사를 생의 일부분으로 살다 떠난 회원들의 모습은 너무나 아름다웠다. 그래서 넝쿨한우리 회원들과의 인연을 오랫동안 함께 했으면 하는 욕심을 내어본다. 우리의 인연은 단순한 인연이 아니기 때문이다. 나이가 들어도 봉사를 함께하며, 생을 멋지게 살아가기를 간절하게 바래본다.

알프스 산장 1박 2일

태연재활원 친구들과의 인연이 20년이 되는 해에 이강희 회장이
회원들에게 제안을 하나 하였다.

"저도 8월이 되면 회장직 2년을 마무리해야 하는 시기입니다. 재
활원과 협의해서 의미 있는 행사를 할 계획입니다. 결정되면 회원 여
러분의 의견을 듣고 시행하도록 하겠습니다."

당연히 회원들 모두 동의하였고, 그렇게 해서 태연재활원 친구들

봉사, 그대에게 향기를 주면 난 꽃이 된다

과의 1박 2일 행사가 추진되었다. 그러나 재활원 측에서는 많은 걱정과 우려를 하였다. 장애인과 함께 1박을 한다는 것은 쉽지 않은 일이기 때문이다.

"아주 좋은 행사인 것은 알겠는데 봉사자들이 친구들을 감당할 수 있을까요?"

친구들의 건강 상태, 식사 형태, 잠자리 등은 우리와는 상당히 다르다. 그렇기에 재활원에서도 쉽게 허락을 하지 않았다. 일주일 동안 서로 문제점과 해결 방법에 대해 토론을 하였고, 우리 봉사회의 오랜 설득 끝에 시행하는 것으로 결론이 났다.

결정된 내용을 가지고 회원들에게 역할 분담을 하였다. 그리고 참여하는 친구들의 성별, 건강 상태, 약 먹는 시간, 잠자는 습관, 평상시의 행동 등 다양한 자료들을 전달받았다. 다만 재활원에서 이렇게 많은 인원이 외부에서 1박을 하는 것은 처음 있는 일이라며, 걱정을 하였기에 장소는 재활원에서 너무 멀지 않은 곳으로 잡기로 하였다. 만에 하나 아픈 친구들이 있으면 이동을 해야 했기 때문이다. 그래서 가기로 한 곳이 언양에 있는 '영남 알프스'였다.

영남 알프스는 울산, 밀양, 청도, 경주의 접경지에 형성된 가지산을 중심으로 1천 미터 이상의 고봉이 9개가 있어, 유럽의 알프스와 견

줄 만하다 하여 붙여진 대한민국 최고의 명산 가운데 하나이다. 우리
는 울주 9봉 가운데 하나인 신불산 자락으로 목적지를 결정하였다.
신불산 자락은 관광객이 많이 찾는 명소이며, 간월산에 올라가는 입
구라 계곡의 수량도 풍부하여 태연재활원 친구들이 놀기에는 아주
적당하였다.

숙소 이름도 알프스 산장이었다. 이강희 회장, 이장미 총무가 몇
곳을 답사 하였고, 이곳으로 숙소를 정하였다. 넓은 마당과 평상, 주
방 시설, 아이들과 함께 놀 수 있는 공간도 충분하였으며, 재활원과는
거리가 조금 멀었지만 가까운 언양읍 내에 응급실을 운영하는 병원
이 있기에 유사시에 대비할 수도 있는 곳이었다. 그렇게 모든 준비를
마치고, 토요일 오후 1시 30분에 태연재활원에서 점심을 먹고 출발하
기로 하였다. 시간이 빠르게 흘러 토요일이 되었고, 모든 준비를 마
치고 태연재활원에 도착하니, 최정숙 회원이 준엽이, 가영이와 함께
먼저 도착해 있었다.

"안녕하세요. 회장님. 언니들도 일찍 오셨네요."
"그래요. 준엽이, 가영이도 왔네."

이장미 총무가 웃으며 맞았다. 뒤이어 이정자 박상준 회원들과 가
족도 도착을 하였다.

봉사, 그대에게 향기를 주면 난 꽃이 된다

"우리 시현이도 왔어?"

이승복 회원이 다정하게 시현이를 끌어안았다. 아이들도 반갑게 인사를 하였다. 하나둘 회원이 모였고, 모두가 각자 자리에서 음식을 준비하고 있었다. 오후 3시, 태연재활원 버스가 도착을 하였다. 안전 사고의 위험이 있어 나에게 운전을 맡기지 않았다. 이때부터 10년 동안 운전했던 경력이 단절되었다.

드디어 목적지에 도착하였다. 태연재활원 친구들은 버스 안에서 빨리 내리고 싶어 손짓·발짓을 하며 재촉하였다. 먼 길을 왔음에도 피곤한 기색 없이 '빨리빨리'를 외쳤다. 버스 문이 열리고, 반찬을 준비하던 회원들이 달려와 반갑게 태연재활원 친구들을 맞이해 주었다.

15명의 태연재활원 친구가 1박 2일 행사에 참석하였다. 평상시 봉사 때는 많게는 30명까지 함께 하였지만, 이번 행사는 여러 가지를 고려해 인원을 절반으로 줄였다. 산만한 인사가 끝나고, 태연재활원 친구들과의 파트너가 정해지는 시간이었다. 이장미 총무는 이번 행사의 안전 중요성을 한 번 더 강조하였다.

"안전하고 건강하게 1박을 할 수 있도록 모두들 최선을 다해 주십시오."

이후 차례차례 파트너가 맺어졌다.

"○○친구는 최정숙 회원 가족이 맡아 주세요. 이 친구는 간질을 앓고 있어 갑자기 다른 행동을 할 수 있으니 신경 써 주서야 합니다. ○○ 친구는 성격이 온순하고 조용하지만, 밤에 화장실을 자주 갑니다. 박성식 회원이 맡아 주시면 되겠습니다."

그렇게 태연재활원 친구를 맡은 가족은 방을 배정받고, 물놀이를 즐겼다. 튜브, 물안경 등 태연재활원 친구들을 위해 많은 걸 챙겨왔다. 깨끗하고 맑은 물속에 피라미들은 떼를 지어 다니며 친구들의 눈을 훔친다. 준비한 반바지 등을 챙겨 입고 태연재활원 친구들, 회원들의 아이들, 가족들, 모두 어우러져 신나는 물놀이를 즐겼다.

시간은 어느덧 오후 4시 반이 넘어갔다. 다섯 시 반이 저녁 식사라 부엌에서는 칼질 소리가 요란하였다. 고기를 썰고 마늘을 찧고 파전을 굽고 각자 열심히 준비하였다. 그리고 즐거운 식사 시간이 시작되었다. 각자 맡은 태연재활원 친구들을 먹이고, 회원들도 식사를 시작하였다. 이때 이정자 회원의 딸 시현이가 휠체어 앞에 무릎을 꿇고 자신보다 언니인 태연재활원 친구에게 밥을 먹이고 있었다. 뒤로 돌아가 조심스레 사진을 한 장 찍었다. 회원들도 조심스레 시현이를 응시하고 있었다. 그 모습이 나에겐 너무나 큰 감동으로 남아 있다. 시

봉사, 그대에게 향기를 주면 난 꽃이 된다

현이는 지금 여고생으로 자라 열심히 봉사 활동을 하고 있다.

이번 행사를 진행하면서 2달 전에 미리 시트 생산 관리 부서에서 근무를 하고 있는 최의식 후배를 만나, 15명의 남녀 회원들이 활동하고 있는 '기타 여행'이라는 동아리의 기타 연주를 요청하였다.

"형님 수고가 많으십니다."

때마침 최의식 후배가 손을 들며, 도착하였다. 바버 샵과 청죽봉사회에서 20년 동안 봉사를 함께한 후배이다. 나와는 가족까지 다 아는 절친한 사이다. 차를 한잔 대접하는 사이, 공연 준비는 빠르게 진행되었다. 앰프와 스피커를 설치하고 총연습도 진행하였다. 연습을 마치고, 삼겹살 구이, 카레, 파전, 부추전, 김치찌개 등 회원들이 준비한 저녁을 먹으며 덕담을 나누었다. 설거지는 정명근, 권영은 회원 등 남자 회원들이 도맡아 하였다. 동시에 태연재활원 친구들은 양치를 하고, 약을 먹고, 따뜻한 옷을 챙겨서 족구장으로 이동을 하였다.

저녁 7시가 가까워지니 설치한 조명에 하나둘 불이 들어왔다. 동물 모양의 풍선 아트와 터널 모양의 긴 무대에는 형형색색의 조명들이 주위를 밝혔다.

"태연 친구들 안녕. 오늘 여러분들의 귀를 즐겁게 하려고 준비를 많이 했습니다. 잘 들어주시고 손뼉 많이 쳐주세요."

출고 사무소에 근무하는 이창형 회장의 인사말로 공연이 시작되었다. 모두가 손뼉을 치며 즐길 수 있는 동요를 10명의 여성 회원이 율동과 함께 부르며, 분위기를 띄웠다. 반대로 조용한 음악이 나오면 태연재활원 친구들은 팔을 흔들며 자기표현을 하였다. 그렇게 하나둘 한여름 밤의 음악회에 빠져들었다. 박수를 보내고 환호를 하며, 악수를 청하는 모습들이 누구와 다를 수 있을까.

수만이와 대현이는 처음부터 끝까지 트로트, 가요, 노래방 노래를 틀고 막 춤추기, 디스코 등을 추며 흥을 돋웠다. 어딜 가든 두 친구는 흥에 겨워 분위기를 잘 잡는다. 웃음소리와 노랫소리가 숲속 가득하게 울려 퍼졌다. 그리고 그때 문득 '모두가 우리 아이'라는 태연재활원의 원훈이 떠올랐다. 분위기는 무르익어 이제 마지막 노래가 시작

봉사, 그대에게 향기를 주면 난 꽃이 된다

되었다. 최의식 후배가 마이크를 들고 말을 이어 나갔다.

"최현섭 형님과 같이 봉사를 함께하면서 넝쿨한우리봉사회를 잘 알고 있었습니다. 오늘 부족한 공연 끝까지 함께 해줘서 감사합니다. 친구 여러분 오늘 즐거웠어요?"

"네!!"

태연재활원 아이들이 함성을 지르고 손뼉을 쳤다.

"또 불러주신다면 언제든 함께하겠습니다. '사랑으로' 노래를 마지막 곡으로 오늘 행사를 마칩니다. 고맙습니다."

그렇게 마지막 노래가 시작되었다.

'내가 살아가는 동안에 할 일이 또 하나 있지. 바람 부는 벌판에 서 있어도 나는 외롭지 않아'

노래에 맞춰 모두가 팔을 흔들며 열창을 하였다. 멋진 공연 덕분에 어느새 보름달이 신불산 자락을 넘어 간월산 능선을 비추고 있었다. 정리하고 취침해야 할 시간이 된 것이다. 태연재활원 친구들을 맡은 회원들은 먼저 방으로 들어갔고, 나머지 회원들은 주위를 청소하고 정리를 하였다. 이강희 회장, 이장미 총무는 아픈 친구들은 없는지 한번 더 체크하기 위해 방을 살폈다. 함께 오신 선생님의 주의사항을 다시 한 번 숙지하고 친구들과의 하루를 마감하였다.

"친구들이 바뀐 환경에 적응을 못 해 거의 뜬 눈으로 보냈습니다."

다음 날 아침, 우선미 회원이 부스스한 눈을 비비고 나왔다. 친구들이 뒤척이니 회원들 역시 잠을 청할 수 없었던 것이다. 15명의 친구 가운데 여자아이들이 많이 왔다. 나도 다른 집에 가면 한동안 잠을 설치는데, 그 친구들의 마음은 어떠했을까. 거기까지는 생각을 하지 못하였다. 그럼에도 불평 한 마디 없이 묵묵히 함께해준 정말 대단한 회원들임을 자랑하고 싶다. 넝쿨한우리봉사회의 새로운 역사를 함께해준 회원들에게 무한한 감사와 존경의 마음을 전한다. 그리고 또 태연재활원 친구들을 위하여 다른 도전을 구상해 볼 것이다.

넝쿨한우리봉사회의 가족, 태연재활원

강렬한 햇빛에 뒤질세라 신명 앞바다의 시원한 파도가 흰 거품을 만들며, 우리 아이들의 발목을 시원하게 적셔준다. 넝쿨한우리봉사회를 결성한 젊은 오빠, 언니들은 30년이 지난 지금까지 계속 활동을 이어 나가고 있다.

무더운 여름이면 바닷가에서 공놀이, 물수제비 뜨는 놀이를 하였다. 돌멩이를 두 손에 쥐고 소리 내며 동요도 불러 주었다. 추운 겨울에는 두 손을 호호 불며 재활원 등산로를 따라 산을 오르는 넝쿨한우리 회원들은 태연재활원의 든든한 형님, 누님들이다.

또한 해마다 재활원 체육 대회, 어린이날 장기 자랑, 연말 종합 발표회 등 큼직한 행사를 위해 많은 준비와 응원도 하고, 때론 귀여운 어른 저팔계가 되어 율동을 겸한 장기 자랑으로 특별 출연해 우리 아이들을 웃음의 세계로 인도하였다.

아이들이 성장하고 변화하여 가는 모습을 보면 마음이 즐겁다. 힘 자랑을 한다며 팔뚝에 힘을 가득 주던 의인이와 여러 가지 폼을 내고 무게를 잡던 수만이는 이제 청년이 되었다. 유아실에 있던 현진이와 용수도 하루가 다르게 성장하고 있다. 이렇듯 반복된 생활 훈련으로 바르게 자라는 친구들은 넝쿨한우리봉사회의 희망이다. 또 무뇌증, 뇌수종인 민아라는 아이도 있었는데, 지금은 우리 곁에 없지만, 눈망울이 참 맑고 예쁜 아이였다. 이렇게 태연재활원을 속속들이 알고 챙겨주는 넝쿨한우리 회원들이다.

어느새 태연재활원과 넝쿨한우리봉사회는 가족이 되어 있다. 배꼽도 덜 떨어진 아기를 유모차에 태워 산책을 하러 다녔고, 걸음마를 가르쳐 주었다. 그리고 그 아기가 소녀가 되고, 늠름한 청년이 되는 모습을 옆에서 지켜보았다. 어느덧 그 아이들이 어른이 되어 태연의 파수꾼이 되어 주고 있다. 넝쿨한우리봉사회는 태연재활원에 부는 따뜻한 바람이다. 마음이 추운 아이에게 사랑이라는 온기를 전해준다. 그 온기를 받고 아이들은 가지를 뻗고 잎을 내어 사랑이라는 열

봉사, 그대에게 향기를 주면 난 꽃이 된다

매를 맺는다.

일회성 봉사로 끝나는 것이 아니라, 지속해서 오랫동안 함께 하니 그들은 우리를 믿고 우리도 그들을 가족처럼 생각한다. 그것이 연리지처럼 땅속에 있어 눈에 보이지는 않지만, 뿌리와 뿌리가 서로의 마음속에서 연결되어 가족이 된 것이다. 아이들이 튼튼하고 바르게 설 수 있도록 언제까지나 함께 할 것이다.

넝쿨한우리 회원 여러분, 태연재활원 친구 여러분, 모두 모두 사랑합니다.

PART

5

청소년이 빛나야
우리의 미래가 밝아진다

청소년을 위한 봉사

◆ 가출 청소년 선도

울산 도심 가운데 청소년들이 많이 모이는 장소는 성남동이다. 선도 활동을 하면서 청소년이 생각하는 여러 가지 이야기를 듣고, 가출 청소년을 찾아 상담을 하며 도움을 주는 청소년 아웃리치 봉사를 하였다. 청소년들과 상담을 해보면, 대부분이 부모의 무관심으로 집을 나와 거리에서 방황하게 된다고 이야기를 한다. 그런 이야기를 들으니 나라의 기둥이자, 국가의 가장 원초적인 뿌리는 가정임을 절감하게 된다. 부모가 먹고살기 힘들어 밤에 일을 나가니, 아이들이 갈 데

봉사, 그대에게 향기를 주면 난 꽃이 된다

가 없어 시내를 방황하고 술을 마시고 담배를 피우는 경우가 많았다.

많이 좋아지고 있는 현실이지만, 정부와 지자체에서는 청소년의 미래에 더욱 관심을 가져야 한다. 경제적 이유만으로 사회가 무너지고 있다. 선거에서 표가 되는 어른들의 예산만 늘리지 말고, 청소년들의 미래에 투자해 주길 당부하고 싶다. 청소년은 아직도 많이 배가 고프다.

◆ 보육원(고아원) 봉사

오래전, 넝쿨한우리봉사회에서 보육원을 방문한 적이 있다. 당시 장기적으로 아이들과 함께하기로 하고 봉사를 갔는데, 2년 정도를 가다 그만두고 말았다. 자의든 타의든 부모를 떠나서 보육원에 오다 보니 아이들의 정서가 메말라 있었고, 봉사를 하러 온 우리들의 눈치를 너무나도 많이 보았기 때문이다.

매월, 매주 다른 사람들이 와서 위로하고 격려하고 떠나는 단기성 봉사는 바람직하지 않다. 정들만하면 떠나니 아이들은 또다시 상처를 받게 된다. 정치인이나 개념 없는 봉사자들 중 일부는 아이들을 동원하여 사진 찍기 바쁘다. 내가 원생이라도 그들의 눈치를 볼 수밖에 없을 것이다. 가족이 그리워 뜬눈으로 지새우는 그들의 심정을 생각이나 해보았는지, 그들의 눈높이에 조금이라도 맞추어 보았는지, 어른으로서 책임감 있는 행동을 하길 바라며, 그런 봉사는 하지 말기를 간곡히 부탁드린다. 나 또한 처음에는 아무것도 모르고 덤볐지만, 봉사를 해 보니 아이들의 심정이 이해가 되었다.

부모가 책임지지 못할 거라면 아이를 낳지 말아야 한다. 한 생명을 현실이 어렵다는 핑계로 방치하는 것은 세상에서 가장 무책임한 행동이자 죄악이다. 힘이 들더라도 아이들의 인격이 형성되고, 사회인으로 성장할 때까지는 제대로 키워야 한다. 아이만 낳는다고 부모가 아니라는 것을 명심해야 한다. 우리가 결연하여 도움을 주고 있는 사람들과도 같이 보육원 봉사에 참여한 적이 있었다. 처음에는 낯설어하고 어울리기 어려워하지만, 얼마 지나지 않아 여느 아이들과 똑같은 어린이로 돌아왔다.

사랑은 관심의 다른 말이다. 햇빛을 받지 못하는 식물은 말라 죽는다. 관심은 그런 햇빛과도 같다. 보육원 아이들에게는 좀 더 따뜻한 관심이 필요하다. 그들 모두는 우리의 아이들이기 때문이다. 그들은 태어나고 싶어서 태어난 것이 아니며, 보육원에 있고 싶어서 있는 것도 아니다. 늘어나는 이혼 등으로 인해 보육원에 들어오는 아이들이 많다. 그들이 제대로 성장하도록 돌보는 것이 사회 복지의 척도가 되어야 한다. 그들은 사랑에 굶주려 있다. 그들에게 사랑을 베푸는 방법은 지속적인 관심이다. 한 사람도 낙오되지 않고 잘 성장할 수 있도록 돌보아야 할 책임은 우리 모두에게 있다. 초고령 사회에 접어들

봉사, 그대에게 향기를 주면 난 꽃이 된다

면서 어르신의 복지는 많이 좋아졌다. 하지만 청소년의 복지는 상대적으로 빈약하다. 이제는 미래의 우리나라를 이끌어 갈 청소년을 위한 예산을 늘려야 한다.

미래 인재를 위한 장학 사업

2002년, 바버 샵 창단과 함께 모교 후배를 돕기 위해 32장학회를 만들었다. 나의 모교는 경주시 충효동에 있는 문화고등학교이다. 경주를 잘 모르는 사람은 '문화 방송에서 세운 학교인가?' 하며 오해를 하기도 한다. 그래서 우리는 MBC에서 세운 문화고등학교라며 농담을 하곤 한다. 문화고등학교는 1950년 1회 입학생을 시작으로 현재에 이르고 있다. 1980년대 우리가 다닐 시기에는 별로 알아주지 않는 시골의 여느 고등학교와 다르지 않았다. 그런데 학교 선배이신 허상수 선배님이 교장으로 취임하면서부터 1년에 서울대도 몇 명씩 보내는 등 달라진 학교로 변하였다. 지금은 경상북도 고등학교 평가에서 좋은 성적을 내며, 많은 학부모들의 관심을 받고 있다.

사립 재단이고 모교이다 보니 교장 선생님이 엄청난 신경을 쏟아부은 결과라고 생각한다. 울산에 있는 가까운 친구들과 동문회를 통해 학교 소식들을 접하였다. 학교의 위상이 점점 높아지고 있었다. 나는 우리나라의 미래를 짊어질 학생들을 위해 무언가를 해야겠다고 생각했고, 어려운 학생을 도울 장학회를 만들어 보기로 결정하였다. 동기들도 학교의 위상이 높아지고 있다는 사실을 아는 상황이라 이야기를 꺼내기도 쉬울 것 같았다.

"물들어 올 때 노를 저어야 한다. 학교의 위상이 과거 어느 때보다 높아지고 있다. 이때 우리가 조금만 도움을 준다면, 학교는 더욱 발전하게 될 것이다."

몇몇 호의적인 친구들에게 설명하고 함께하자고 하니 모두가 오케이, 흔쾌히 승낙해 주었다. 그리고 이런 상황을 접하자 '잘하면 되겠는데?' 하는 생각이 들었다. 그렇게 힘을 내어 22명의 친구에게 설명하고 설득하고 사인을 받았다.

"모교가 잘 된다는데, 나도 할 게 있으면 당연히 해야지."

친구들의 반응에 나는 또 한 번 감동을 하였다. 곧바로 회사 내 마을금고에서 22명이 급여 이체 신청을 하였다. 매월 급여에서 5천 원, 1년을 모으면 120만 원 정도가 된다. 이렇게라도 시작하자며 결성된 울산 32회 동기들이 만든 '재울32장학회' 모임이 20년째 이어오고 있다.

매년 연말이 되면 정성껏 모은 돈을 학교에 장학금으로 기부한다. 회장단은 직접 학교에 가서 학교 근황도 듣고, 도움을 받는 후배들도 잠시 보고 돌아온다. 재울32장학회에서 장학금을 전달한다는 소문이 나면서 다른 선후배 기수들도 기수별 장학금을 만들어 후배들에게 지원하고 있다. 이렇게 10년 동안 120만 원을 지원을 하고 있는데, 어느 날 문득 금액이 너무 작은 것 같다는 생각이 들었다. 그래서 1년에 200만 원을 지원하는 방안에 대해 장학회에 안건을 넣었다. 아니나 다를까 모두가 동의하였고, 2012년부터는 1년에 200만 원씩 지원을 하고 있다. 현재 동문회는 동문회대로, 회사 동문회는 따로 각각 지원하고 있어, 울산에서 1년에 지원하는 금액이 무려 2천만 원이 넘는다고 한다.

나도 개인적으로 지금까지 모교에 1,100만 원을 지원하였다. 교가 CD도 70만 원을 들여 부산 업체에 의뢰 제작하여 2010년 학교에 전달하였다. 십시일반이라는 말이 있듯이 현대자동차 동기들 역시 월 7천 원으로 1년에 200만 원을 만들었다. 적은 금액들이 모여 이렇게 큰 금액이 만들어진다. 지금의 교장 선생님은 27회 졸업생이신 박홍

근 선배님이 하고 계신다. 모교 동문회와 동기회 행사가 있을 때 일일이 참석하여 학교의 발전하는 모습을 설명하며, 장학금 모금에 앞장서고 계신다.

허상수 교장 선생님이 계실 때에도 마찬가지로 열심히 노력하셨다. 허상수 교장 선생님의 노력과 열정이 학교 발전의 시금석을 만들었다. 울산의 SK 동문회에서는 수년 전부터 학교에 장학 기금을 보내고 있어, 항상 대표적인 모범 사례로 뽑힌다. 학교의 장학금을 받고 공부한 후배들이 자리를 잡아 다시 학교 발전을 위해 장학금을 기탁하고 있다. 동문의 모교 사랑이 후배에게까지 이어지고 있으니 작지만, 십시일반 힘을 모아 만들어진 장학금이 위력을 발휘하고 있어 마음이 뿌듯하다.

모든 것은 마음이다. 많은 것들이 핑계로 미루어지게 되면, 완성되는 결과는 없다. 한 달에 5천 원이 모여 100만 원을 만들고, 7천 원이 모여 150만 원, 200만 원을 만든다. 나는 매년 재울32장학회에서 기부한 금액의 세금 혜택을 받은 금액까지 다시 장학금 통장으로 환원한다. 힘을 모아 도움을 주는 동기들에게 해야 할 최소한의 도리라 생각하기 때문이다. 교장 선생님은 울산 행사 방문 시 늘 우리 장학회를 많이 언급하신다.

"동기회에서 장학금을 전달하는 것은 울산 32회 후배들이 최초의 시작이다. 정말 모범이 되고 후배들에게 귀감이 되는 사례다."

모교 기부 문화도 우리 사례처럼 작은 시내에서 시작해 강물을 이루고, 큰 바다로 흘러가길 바란다. 다른 지역 동기도 장학금을 만들고, 다른 선후배도 전국 각지에서 작은 기금이라도 마련하는 계기가 되었으면 좋겠다. 기부를 어렵게 생각하면 아무것도 못한다. TV 방송에서 월 2만 원, 3만 원으로 사랑을 실천하라고 하는데, 나는 그 금액이 너무 크다고 생각한다. 쉽게 접근하도록 문턱을 낮추어야 한다. 5천 원이나 1만 원으로 낮추어 장기적으로 하는 것이 더 낫다는 생각이다. 한 달에 2~3만 원은 서민에게는 상당히 큰 금액이다. 기부가 이어지도록 하려면 금액을 낮추고 많은 사람이 동참하도록 하는 것이 효과나 의미적인 측면에서 효과가 더 크다. 우리나라도 이제 선진국처럼 기부가 일상화되고 쉽게 접근할 수 있는, 그리고 믿음을 줄 수 있는 제도의 개선이 급선무이다.

아웃리치 이현우 학생과의 만남

　예전에 청소년을 대상으로 아웃리치 봉사를 한 경험이 있다. 청소년이 바로 서지 않으면 나라의 미래가 없다는 말처럼 청소년들을 직접 상대해 보니 문제가 심각하다고 느껴 상담 봉사를 시작하였다. 무료 급식소 3층에 방과 후 센터가 있어, 급식 봉사를 한 후 면담 봉사를 하겠다고 신청서를 제출하였다. 지역 아동 센터는 저소득층이나 다문화 가정의 아이도 함께하는 마을 도서관 겸 학원으로써의 역할을 한다. 센터장님은 어려운 학생들이 절대적으로 많다며, 많은 학생들의 신상을 보여주었다. 처음에는 두 학생과 멘토링을 함께할 계획으로 남녀 2명의 학생과 면담을 실시하였는데, 면담 후 같이하는 멘토 링은 하지 않고, 따로따로 멘토링하기로 결정하였다.

남학생인 이현우(가명) 학생은 ADHD 증후군이 있다고 하였다. 이 학생은 수업에도 잘 참석하지 않고, 침착하지도 못하였으며, 주위가 산만하였다. 센터장님은 방과 후 수업에서 학업 분위기를 흐리는 학 생이라 올바른 지도가 필요하다고 말씀하셨다.

면담 후, 첫 번째 만남이었다. 이현우 학생은 아동 센터와 거리가 꽤 있는 중학교에 다니고 있었는데, 그 덕분에 지각을 자주하였다. 또 알레르기 비염이 심해 결석도 잦았으며, 출석을 하더라도 머리가 아파서 공부하기가 싫다고 하였다. 원활한 멘토링을 위해 실제 현우 학생이 다니고 있는 학교에 가 보니 버스 정류장과는 제법 거리가 있 음을 확인하였다. 또 본격적인 멘토링에 앞서 현우 학생의 아버지를 찾아가 면담을 실시하였다. 아들에 대해 아버지는 산만하고 집중력 이 떨어지는 것에 비해서 성적은 그렇게 나쁘지 않다고 말씀하셨다. 보는 사람의 시각에 따라 평가는 달라질 수 있음을 느꼈다. 청소년 문제 관련 책도 읽어보고 직접 면담도 해본 경험으로 보면, 아이들은 아직 인격이 형성되지 않아 거짓말을 하더라도 금방 들통이 난다. 현 우 학생 역시 아버지에게 담배를 피우지 않는다고 거짓말을 하였다 가 가방에서 담배가 나온 적이 있었다. 아버지는 늦은 시간까지 장사 를 하다 보니 현우 학생을 전적으로 믿는다고 말하셨다. 하지만 아버지가 너무 자식을 믿다 보니 내가 보는 현우 학생과 아버지의 생각에는 괴리감이 커 보였다.

이현우 학생의 아버지는 삼산동에서 국수 가게를 운영하고 있었다. 위로는 형이 있고, 아래로는 동생(초등학교 6학년)이 있었으며, 어머니는 없었다. 아버지가 자식을 많이 믿고 의지하다 보니, 현우 학생은 아버지에게는 말 못 하는 여러 가지 이야기를 나에게만 털어놓았다. 며칠 동안 아동 센터에 오지 않았던 이유는, 얼마 전 가게에서 조그만한 물건을 훔치다 발각이 되어 방과 후 일주일 동안 청소를 했기 때문이라고 하였다. 나는 전문 상담 교육을 많이 받지는 않았지만, 현우 학생의 이야기를 다 들어주고 짧게 고칠 사항만 이야기해 주었다. 그리고 먹을 것을 많이 사주었다. 대화의 문을 여는 데는 맛있는 음식이 도움이 된다고 생각했기 때문이다. 음식을 먹으며, 자연스럽게 호기심을 자극하는 것이다. 그래서 10회의 멘토링 동안 절반 이상은 현우 학생의 친구들과 함께 미팅을 하였다. 맛있는 것을 많이 사주고, 친구들의 이야기도 들어주었다. 답은 멀리 있지 않고 가까운 곳에 있었다.

멘토링은 한 달에 4회를 기준으로 진행하였다. 더운 여름이 시작되는 7월, 삼산동 백화점 옆에 위치한 돈가스 집에서 멘토링을 이어 갔다. 현우 학생이 먼저 입을 열었다.

"선생님 요즘 열대야로 잠을 자기가 정말 너무 힘들어요."

나 역시 시내 주택 밀집 지역에서 살아본 경험이 있기에 열기가 더 뜨거울 수밖에 없음을 잘 알고 있었다.

"그래, 힘들지. 또 너는 비염이 심해 더 힘들 수가 있겠구나. 선생님의 경우 자기 전에 샤워를 하고 따뜻한 물을 한잔 마시고 잔단다."

나의 말에 현우 학생은 대꾸도 없이 돈가스 그릇을 비웠다. 사람 사는 재미 가운데 먹는 재미가 없다면 탄식할 사람들이 많을 것이다. 먹고 사는 재미가 최고임을 아이에게서 또 한 번 느꼈다. 이어서 공부가 잘 안 되서 학기 말 시험 성적이 이전 시험보다 조금 떨어졌다고 이야기를 하였다. 성적에는 관심이 없는 줄 알았는데, 그게 아니었던 것이다. 또 당당하게 자기주장도 이야기하는 똑똑한 친구였다.

"용돈을 월 5만 원 받는데, 현재 15만 원 모은 것과 아버지께 말씀드려 일부 비용을 받아서 60만 원 정도 금액의 컴퓨터를 사서 피시방에 가지 않고 게임을 하고 싶어요."

아이들은 단순하지만 때 묻지 않는 도화지라서 그리는 대로 작품

봉사, 그대에게 향기를 주면 난 꽃이 된다

이 된다. 아버지가 밤늦게 까지 장사를 하고, 어머니가 없는 상황에서 과연 얼마나 많은 청소년들이 바른길을 갈 수 있을까? 현실은 그렇지 않다. 이러한 상황에 아이를 두고 올바른 길을 가기 원하는 것은 어른들의 욕심일 뿐이다. 그리고 사회의 구조적인 문제 역시 크다. 청소년들이 언제든지 상담할 수 있고, 어린 마음의 이야기를 들어주는 제도가 도입되어야 청소년의 자살이 줄어들고, 청소년다운 시기를 보낼 수 있으리라 생각한다. 제주도 등 타 시군구에서는 적성 검사를 통해 '자살 고위험군 학생'을 찾아내어 전문의와 상담을 하도록 하는 제도를 시행 중이다. 그리고 이 제도를 울산교육청에서 시범으로 진행한다고 하니 다행이라는 생각이 들었다. 교육청에 전화를 해 고맙다는 인사를 전했다. 이번 울산 교육감이 취임하면서 한 명의 학생도 자살하지 않도록 세심한 배려를 하고 있다고 하니 정말 감사한 일이다.

이어서 현우 학생은 똑똑하고 자기 주관이 강하고 공부도 열심히 하고 싶은데, 몸이 따라주지 않아 자신도 힘이 든다고 하소연하였다. 그런 현우 학생을 보고 있으니 나이에 비해 상당히 생각이 깊고, 의연하다는 생각이 들었다. 그리고 최근 들어 ADHD 증세가 별로 보이지 않아서 많이 좋아지고 있다고 생각하였다. 그런데 저녁 식사 이후, 계속 눈을 비비고 힘들어하기에 왜 그런지 물어보았다. 현우 학생은 봄에만 알레르기가 심해 수업 시간 집중이 안 되고, 밤에 잠도 못 자서 꼬박 날을 지새우고 학교 가기도 한다고 대답하였다. 현우 학생의 대답에 걱정이 되어 얼굴을 빤히 쳐다보자, 웃으며 다시 말을 이어 나갔다.

"곧 울산대학교병원에 아버지와 정밀 검사를 하러 가요. 너무 걱정하지 않으셔도 되요."

그러면서 요 며칠 사이에는 알레르기가 사라져 공부하기가 아주 편했다며, 괜찮아지면 다시 공부를 열심히 해보겠다고 말하였다. 그리고 현우 학생은 갑자기 뜬금없는 질문들을 자주 하였다.

"선생님은 왜 이런 일을 하시는 건가요? 이런 일은 언제부터 시작하셨어요? 저는 선생님 만나는 게 정말 재밌고 좋아요. 감사합니다."

또 중학교 졸업 후, 울산 마이스터고등학교에 지원해서 좋은 곳에 취업을 하고 싶어 하였다. 그래서 7월에는 마이스터고 선배들과 자리를 함께하여 질문할 기회를 만들어 주겠다고 약속하고, 6월 멘토링을 마무리하였다. 버스비가 없다고 하길래 5천 원을 주고 헤어졌다. 날씨가 엄청나게 더웠다. 더울 때는 잠도 못 자고 뜬눈으로 밤을 지새운다는 말이 가슴에 와닿았다. 한창 부모의 사랑을 받고 자라야 할 시기에 부모님의 관심과 사랑 없이 청소년기를 넘기기가 얼마나 힘들고 버거웠을까? 어디 하소연하기도 그렇고 아버지에게 이야기하기도 그렇고 해서 혼자 고민을 많이 했다고 웃으면서 말하는 학생을 보니, 나도 모르게 눈물이 핑 돌았다.

7월 멘토링은 울산 에너지 마이스터고 학생 3명과 나, 그리고 이현우 학생 등 총 5명이 저녁 6시 30분 화봉동 학교에서 모여, 명촌 오리집에서 저녁을 먹으며 실시하였다. 자신이 가고 싶은 학교의 선배를 만난 현우 학생은 그동안 궁금하였던 것들을 쉴 새 없이 물어보았다.

"마이스터고 지원을 하려면 성적은 얼마나 되어야 하는지요? 어떤 과가 좋은가요? 어떻게 입학하는 게 유리할까요?"

울산은 공업 도시라 취업할 곳이 많다. 그때는 마이스터고를 졸업하면 바로 취업하는 분위기라 특성화고의 인기가 최고였다. 현우 학생은 뭐든지 빨리 싫증을 내는 자신이 고민이라고 말하였다. 또 작년에 담배 한 가치를 얻어 피웠다가 아버지께 발각되어 혼나고 나서는 담배를 피우지 않는다며, 믿어달라고 호소하였다.

"현우야 공부도 때가 있고, 나쁜 짓도 자꾸 하다 보면 버릇이 되어 쉽게 그 일을 놓지 못하니 호기심에 한 번씩 해보았으니 이제는 생각 후, 행동해 주길 바란다."

내가 이렇게 말하자 자신의 손을 올리며, 하이파이브를 하자고 하였다. 천진난만하고 자연스러운 행동들이 여느 또래 아이들과 마찬가지의 모습이었다. 그리고 봉사 활동도 해 보고 싶고, 친구들과도 어울려 재미있게 놀아보고 싶다고도 하였다. 그래서 나는 현우 학생에게 봉사 활동 제의를 하기도 하였다.

"현우야, 혹시 시간 되면 9월 23일 일요일 태연재활원 친구들과 경주 소풍 가는데 함께 갈래?"

"흠…. 해 보고 싶기는 한데, 조금만 더 생각해 볼게요."

"봉사를 하다 보면 여러 사람과 만날 수 있고, 너도 많은 생각을 할 수 있는 기회가 될 거야. 한번 고민해 보길 바랄게. 아참, 그리고 봉사를 봉사로 생각하지 말고 함께 어울려 논다고 생각하면 마음이 더 편할 거야."

나의 말에 잠시 고민을 하더니 다시 말을 이어 나갔다.

"친구들과 같이 가도 됩니까?"

봉사, 그대에게 향기를 주면 난 꽃이 된다

"당근이지!"

"당근은 말이 먹는 밥이죠."

이처럼 때로는 어색한 분위기도 맞추어 주는 재미있는 친구이다. 많은 봉사를 함께하지는 못했지만, 봉사를 하려는 마음이 기특하기에 고맙고 감사하였다.

9월 23일, 울산 현대 호랑이 축구팀과 전남 드래곤즈와의 축구 경기를 보러 갔다. 현우 학생이 방과 후 수업을 같이하는 친구 2명과 함께 온다고 하여 나는 아들과 함께 간식을 준비하고 경기장으로 갔다. 멀리서 현우 학생과 그의 친구들이 뛰어왔다. 그리고 인사와 함께 들뜬 목소리로 말하였다.

"사실 처음 보는 축구 경기라 엄청나게 설레고 좋아서 밤에 잠도 제대로 못 잤어요!"

청소년기에 누구나 누려야 하는 당연한 일상이지만, 현우 학생은 그렇지 못하였다. 많은 부모들이 먹고사는 것을 우선으로 두다 보니, 자식이 우선이 아닌, 돈을 우선시하게 되었다. 현실을 부정할 수 없는 요즘의 이야기다. 적어도 아이들이 기본은 누릴 수 있는 환경이 되었으면 좋겠다. 부모의 역할만 제대로 하면 청소년 문제가 이렇게까지 심각하지 않으리라. 잘 먹이고, 잘 입히지는 못하더라도 정에 메말라 마음 아파하는 일만은 없어졌으면 좋겠다. 불가능한 현실이라도 서로 공감하며, 고쳐 나가야 나라가 바로 설 것이다.

컵라면을 먹고 함성도 지르는 사이 축구 경기는 끝이 나고 우리는 이동을 하였다. 홈팀 울산이 전남 드레곤즈를 3:2로 이겨 더 신이 나는 경기였다. 울산대학교 앞에서 짜장면 곱빼기를 시켜 허기를 채우고 하루를 마무리하였다. 각자의 집으로 돌아가기 전, 3명의 아이들이 나란히 서서 인사를 하였다.

"감사합니다. 다음에 또 같이 왔으면 좋겠습니다."

희망의 눈빛을 가지고 있는 아이들에게 더 좋은 친구가 되고 싶어졌다.

이후 멘토링을 하면 할수록 현우 학생은 가슴속에 쌓인 이야기를 나에게 더 많이 늘어놓았다. 이제는 내가 편하다며 먼저 자신의 속마음을 이야기 하였다. 자신은 친구가 많지 않다고 했다. 방과 후 학교 친구들이 자신과 비슷한 환경에서 생활을 하고 있고, 정이 있어 좋다고 이야기하며, 그래서 축구 구경을 갈 때도 같이 간 거라고 설명하였다. 점심을 같이 먹으려 했는데 친구와 영화 약속이 있다고 하였다.

봉사, 그대에게 향기를 주면 난 꽃이 된다

그래서 오후 3시가 다 되어 삼산에서 만났다. 친구 1명도 함께 오라고 해서 여러 가지 이야기를 나누었다. 학교 친구였는데, 가장 친하고 이야기할 수 있는 친구 중에 1명이라고 하였다. 아이들과 이야기를 나눠보면, 현재 정서적으로 어떠한 상태인지를 어느 정도 파악할 수가 있다. 현우 학생의 경우, 어머니가 없다 보니 친구와 노는 것이 자연스러워졌고, 공부에 크게 흥미를 느끼지 못하는 상태였다. 이런 친구는 주위의 관심과 꾸준한 보살핌만이 바른길로 인도할 수가 있다. 그래서 어른들의 지속적인 관심이 필요한 것이다.

멘토링을 마무리하며

청소년 쉼터에서 만난 친구들이나 거리 상담을 하면서 만났던 친구들의 사례를 예로 들어가며 가족의 중요성, 가야 할 방향, 현재의 위치, 그리고 고민 등을 내가 질문하고, 현우 학생이 답하는 식으로 이야기를 많이 나누었다. 아직은 생각이 어린지라 자기 마음대로 이야기하면서도 자신의 진로에 대한 고민을 많이 하고 있다는 것이 느껴졌다.

봉사를 함께하자고 몇 달 전부터 이야기했으나 친구를 만나는 게 우선인지 약속을 해놓고도 잘 나오지를 않았다. 그래도 장애인과 함께한 경주에서의 봉사, 장애인 단체와 현대자동차 자원봉사센터, 그리고 마이스터고등학교 학생들이 봉사자로 함께하는 행사에서 많은 것을 느꼈다고 하니 큰 수확 중의 하나인 것 같다. 또 자신은 수업 시간에 잘 떠들지 않는다고 생각하는데, 선생님이 아무 이유 없이 간섭을 한다고 생각하고 있었다. 아직 자신의 행동이 뭐가 잘못되었는지 잘 모르는 것 같았다.

현우 학생과 저녁 식사를 위해 미리 약속을 하고 기다리고 있는데, 친구 4명과 함께 있다는 연락이 왔다. 그래서 다 같이 식사를 하자고 제안을 하였다. 처음에는 짜장면을 먹을까 했는데, 현우 학생의 아버지가 운영하는 국수 가게에서 식사를 하기로 하고 들어갔다. 아버지에게 먼저 전후 사정을 이야기하고, 가게 모퉁이 식탁에 앉아 2시간 정도 진학에 관한 아이들의 생각, 진로, 그리고 취미 등 많은 이야기를 나누었다. 현우 학생을 포함해 모든 아이들이 미래에 관한 다양한 생각을 하고 있었고, 부모의 기대감에 대한 부담감을 많이 가지고 있었다. 나는 수시로 부모님에게 본인들의 성적 수준, 희망하는 과, 취미 등을 미리 말씀드려 기대 가치에 대한 부담을 덜어 드리라고 조언하였다. 또 무작정 4년제 대학교가 아닌, 본인들의 적성과 맞는, 그리고 취업이 잘되는 전문대학을 가는 것도 좋다고 조언하였다. 식사 후, 티타임을 가지고 현우 학생과 그 친구들과의 멘토링을 마감하였다.

그리고 같은 해 5월, 현우 학생과의 멘토링을 정리하는 마지막 날이었다. 현우 학생은 아쉬운 표정으로 나에게 감사의 인사를 건넸다.

"선생님 그동안 맛있는 것도 많이 사주시고, 제가 약속을 안 지켜도 이해도 해주시고, 아버지 가게까지 찾아 주셔서 정말 감사합니다. 내년이면 중학교 3학년으로 올라가는데, 조금 더 노력하여 마이스터 고등학교나 제가 원하는 학교에 갈 수 있도록 최선을 다하겠습니다."

7개월이라는 짧은 만남이었지만, 그런 생각을 하고 있다는 게 대견하고 기특하였다. 나 역시 현우 학생을 통해 성장하는 아이들의 모습을 볼 수 있어 정말 좋았다. 현우 학생을 집까지 태워주고 아버지 가게에도 들러 인사를 하고, 멘토링을 마무리하였다. 지금은 어엿한 성인으로 자라 잘 살고 있는지 궁금하고 보고 싶다.

봉사, 그대에게 향기를 주면 난 꽃이 된다

마이스터고등학교 학생들과의 봉사

봉사는 자라나는 청소년과 자녀에게 긍정적인 효과를 가져다준다. 나는 마이스터고등학교 학생들과 멘토링을 진행하면서 봉사와 기부에 관한 대화를 많이 한다. 마이스터고등학교 학생들은 취업을 위해 높은 경쟁률을 뚫고, 3년간의 기숙사 생활을 감내하며 공부를 한다. 전국의 십여 개의 마이스터고등학교가 현대자동차와 협력 관계를 맺고, 10년 동안 일정 인원을 취업시키는 협약을 맺었다. 그래서 울산 마이스터고가 한동안 전국 최고의 학교로 명성을 높이기도 하였다.

매월 둘째 주, 마이스터고등학교 학생들과 현대자동차 사내 봉사 단체인 현대자동차 자원봉사센터가 함께 노인 목욕 봉사를 10년 넘게 하고 있다. 매년 10월에는 울산 시내 7개 협회 장애인과 장애인 한마음 체육 대회를 20년째 개최하고 있다. 그리고 이러한 행사에 마이스터고등학교 학생들이 봉사자로 꾸준히 참가하고 있다.

　　지금은 장학사로 가신 신승걸 선생님은 7년 동안 학생을 인솔하며, 한 번도 빠지지 않고 모든 행사에 전부 참여하셨다. 자비로 학생들 밥을 사 먹이며, 헌신하신 분이다. 봉사와 기부를 함께 한 정말 존경스러운 선생님이라 늘 기억이 난다. 선생님 같은 헌신하는 분이 훗날 교장선생님으로 부임한다면 그 학교 학생들은 얼마나 행복할까 상상해 본다. 정말 멋지고 아름다운 모습이다.

　　현대자동차에 입사 지원서를 내고 면접을 볼 때, 현대자동차 자원봉사회 선배님들과 함께한 봉사 활동이 면접에 많은 도움이 되었다고 흡족해하는 학생들이 많았다. 실제로 많은 학생들이 현대자동차에 취업하여 봉사를 이어가고 있다. 지금은 현대자동차와 마이스터고와의 협약이 종료되어 신입사원 모집이 중단된 상태이다.

　　아주 좋은 예를 하나 소개하도록 하겠다. 2017년, 울산 마이스터고등학교에서 현대자동차로 취업한 입사 1기(이호성 회장) 학생 12명이 동기회를 결성하여 모은 기금 100만 원을 울산 중구 다문화 센터에 기부하며, 기부 릴레이에 동참하였다. 그리고 기부 소감을 밝히는 입사 초년생들의 순수한 모습이 기특하고 아름다울 뿐이다.

"선배님들이 만들어 놓은 전통을 이어갈 뿐입니다."

이 기쁨을 무슨 단어로 표현을 할 수 있겠는가. 세상 살아가는 맛을 느낀다. 학생들이 고등학교 1학년 말에 합격하고 나면, 방학을 이용하여 현대자동차 사내 연수원에서 교육을 이수한다. 특별한 부적격 사유가 없는 한 이수 후, 전부 입사 절차를 밟는다. 우리는 합격한 친구들 밥도 사주고 정기적인 모임도 함께 가지면서 유대를 강화해왔다. 당연히 졸업식에도 참여하였다.

이러한 유대 관계를 유지하는 대에는 넝쿨한우리봉사회의 지원과 이강희 회장의 노고가 많은 영향을 미쳤다. 군대에 있을 때도 휴가를 나오면 항상 식사 자리라도 만들어 격려를 해주었고, 평상시에도 정기적으로 기수별 모임을 가질 수 있도록 많은 공을 들였다. 이제 그러한 노력의 씨앗이 열매를 맺고 있다. 정기적인 멘토링을 함께 했던, 그리고 목욕 봉사를 함께 했던 친구들이 입사하여 봉사 활동을 하며 대를 이어가고 있다. 아무것도 모르고 시작했던 일들이 많은 파장을 남기고, 반향을 일으키고 있는 것이다.

"선배님 감사합니다. 선배님의 조언이 저희를 여기까지 오게 했습니다."

작지만 큰 변화가 릴레이로 이어져 퍼져나가고 있다. 봉사와 기부는 아주 작은 것에서부터 시작이 된다. 나는 여건이 되는 한 꾸준히 마이스터고등학교 학생들과 멘토링을 하면서 아버지로서, 또 봉사의 선배로서 삶에 대한 등대지기의 역할을 수행하고 싶다.

'내일 세상의 종말이 온다 해도 오늘 한그루의 사과나무를 심겠다.' 는 네덜란드 철학자 스피노자(Spinoza)의 말에 견주어, 나는 '내일 세상의 종말이 온다 해도 봉사와 기부의 나무를 심겠다.'라는 일념으로 대한민국에 기부 문화와 봉사 문화가 보편화될 수 있도록 꾸준히 노력할 것이다. 하루하루 의미 있게 살아가는 것이 나와의 약속이자 삶의 목표이기 때문이다.

"고지가 바로 저긴데 예서 말 수는 없다. 넘어지고 깨어지더라도 한 조각 심장만 남거들랑 부둥켜안고 가야만 하는 봉사의 목표가 있다."

-시인 이은상-

"성공을 거둔 기업가는 부를 사회에 환원하고 또 세계의 불평등을 개선할 수 있는 길을 찾아야 한다. 이것이 우리의 사회적 책임이다. 나는 죽기 전까지 95%를 사회에 기부하겠다. 내 인생의 후반은 주로 의미 있게 돈을 쓰는 일에 바칠 것이다."

-빌 게이츠-

PART

— 6

봉사의 다른 이름, 기부

넝쿨한우리후원회를 결성하여
새로운 봉사에 도전하다

2002년 10월, '뭔가 새로운 일을 해보자' 하고 생각하여 넝쿨한우리 후원회를 만들었다. 그전까지는 회원들이 하나가 되어 몸을 쓰는 봉사가 주된 것이었다면, 후원회는 주위에 어려운 사람들에게 재정적 지원을 해보자는 것이 목적이었다. 재정이 있으면 봉사의 폭도 넓어지고, 필요한 물품을 지원할 수 있으니 몸으로 하는 봉사와 금전적 후원을 병행하는 것이 효과가 배가 될 것 같았다.

친구와 동문을 찾아다니며 5천 원부터 3만 원까지 모금 활동을 시작하였다. 매월 5만 원을 지원해주겠다는 고향 친구에게는 부담이 되

봉사, 그대에게 향기를 주면 난 꽃이 된다

니 2만 원을 오랫동안 후원해 달라고 설득하기도 하였다. 그리고 그 친구는 20년이 지난 현재까지 매달 2만 원을 후원해주고 있다.

3년 정도를 노력하니 많은 사람들이 함께해주었다. 넝쿨한우리봉사회의 회원들부터 이웃까지 힘을 보태 주었다. 20년 동안 1억 5천만 원을 모금하여 많은 이들에게 도움을 주었다. 매년 4월경에 지원 대상자를 선발하여 지급하고 있는데, 2021년에는 1천만 원을 지원하였다. 나는 넝쿨한우리 회원들이 너무나도 자랑스럽다. 그들이 있었기에 넝쿨한우리봉사회가 30년을 이어 오지 않았을까 생각한다. 그들을 대한민국 최고의 일등 시민들이라 말하고 싶다.

후원회 집행을 위해 지원할 곳을 선정할 때는 넝쿨한우리 회원을 통해 추천을 받고, 주민 센터, 사회 복지 공동 모금회 등 다양한 경로를 통해 추천을 받는다. 한번은 북구 자원 봉사 센터로부터 아홉 명의 대가족이 살고 있는 가정에서 한여름에 갑자기 냉장고가 고장이 나서 음식물이 썩어 가고 있다는 연락을 받았다. 그래서 넝쿨한우리 후원회의 감사인 권영은 회원과 상의하여 냉장고를 지원해 준적도 있다. 가진 것이 많은 사람에게는 아무것도 아닐 수 있지만, 어렵고 힘든 사람에게는 생명을 다툴 수 있는 문제도 많다. 수술을 해야 하는데 돈이 없어 힘들어 하는 사람이 있다는 소식을 듣고 우리가 지원하여 무사히 수술을 마친 사례도 있다. 또 어느 날 갑자기 중구 종합

사회 복지관에서 이사를 해야 하는데 60만 원이 없어 차일피일 미루며 힘들어 하는 세대가 있다는 연락을 받고, 금전적인 지원 및 이사를 도와주기도 하였다. 이처럼 후원회에서 하는 재정적인 지원은 결국 십시일반 5천 원에서 몇 만 원까지 믿고 후원해주시는 분들이 있기에 가능한 일이다. 아웃리치하면서 소개를 받은 청소년 쉼터, 지역 아동 센터 급식비 지원 등 필요한 곳이 있으면 심사하여 도와준다.

3년 전부터 도움을 주고 있는 한 세대를 소개하려고 한다. 이 세대는 어머니와 자녀 3명이 살고 있는 세대이다. 큰딸이 고등학교를 다니고 있을 무렵, 졸업을 할 수 없는 상황이 발생하였다. 당시 회원들끼리 머리를 맞대어 졸업만은 시키자며, 큰딸의 담임 선생님과 통화를 하여 어렵게 졸업을 시켰다. 또 큰딸이 취업을 할 수 있도록 회원들이 많은 노력을 기울였다. 그러나 여느 세대와 마찬가지로 소통의 문은 열리지 않았다. 정상적인 가정을 이루다 사정이 어려워져 남의 도움을 받는다는 것이 자존심에 얼마나 큰 상처를 입히는지 알고 있었기에 조급해 하지 않았다. 그렇게 2년이 흐른 지금 아주머니는 고맙다는 말씀을 많이 하신다.

"세상 살면서 여러분 같은 사람들은 처음 봤어요. 정말 감사합니다. 저도 함께 봉사하고 싶습니다."

봉사, 그대에게 향기를 주면 난 꽃이 된다

지난해에는 아주머니의 허리가 아파 일도 제대로 못 나가는 날이 많다 보니 지켜보는 우리가 너무 안타까워 넝쿨한우리후원회에서 120만 원을 긴급 지원하였다. 우리는 단순히 금전적인 지원만 하지 않는다. 그분들이 자립하는 과정까지 도움을 주고 난 후, 다른 곳을 찾아 봉사한다. 여전히 큰딸이 하루빨리 직장을 잡아 안정된 가정을 이룰 수 있도록 하기 위해 큰딸의 의견을 듣고 있다. 힘든 엄마를 대신해 맏이로서 책임을 다해주길 바랄 뿐이다. 직장 알선 등 취업의 도움은 당연히 우리의 몫이라 생각하고 있다. 우리는 이렇게 활동한다. 고민이나 어려운 일이 있으면 혼자 고민하지 말고 언제든지 연락하라고 한다. 이명숙, 윤태숙 회원은 맏언니 역할을 하며 격의 없는 대화가 이루어진다. 조종민 회원은 팀 분위기 메이커로서 회식을 잡고 아주머니와 항상 소통을 한다. 나에게도 가끔 전화가 오면 같이 고민하고, 도울 일을 찾아 해결한다. 명숙 씨 남편 김지현 씨는 묵묵히 경제적 지원을 아끼지 않는다.

이렇듯 나라에서 할 수 없는 일들을 봉사자들이 해결하고 도움을 주니, 봉사 활동이야 말로 멋지고 아름다운 활동이라 자부한다. 우리 회원들은 늘 준비된 사람들이다.

청죽봉사회의 후원금 지원

청죽봉사회는 2002년 울산 울주군 언양읍 반천리에 있는 장애인 시설 혜진원에서 2년간 봉사 활동을 하였고, 2003년 부산 기장군에 있는 효성노인건강센터에서 1년간 어르신 목욕 봉사 활동을 하였다. 또 울산 남창에 위치한 덕하나눔터에서 10년 동안 봉사 활동을 했으며, 금효섭 회장 때 명성노인요양원을 방문하기 시작하여 5년째 청소, 어르신 식사 보조, 말벗 등의 봉사 활동을 하고 있다. 이처럼 청죽봉사회는 다양한 활동을 펼치고 있다.

청죽봉사회가 어려운 학생들을 선발해 도움을 주는 봉사 단체로 알려져 있다 보니, 주위에서도 추천을 많이 해준다. 울산 제일고등학교는 남구에 있는 신생 고등학교였는데, 우연히도 내가 고등학교 다닐 때 은사님이 계셔서 더 많은 학생에게 도움을 준 것 같다. 당시에도 학비가 30만 원이 넘다 보니 어려운 학생들에게는 많은 도움이 되었다.

분기별 지원금을 전달할 때는 회원들에게 미리 알린다. 또 지원금을 전달할 때는 많은 사람이 가지 않는다. 어린 학생에게 상처를 줄 것 같아 교장실에서 전달만 하고 끝이 난다. 다만, 일 년에 몇 번씩 따로 불러 밥도 사주고 위로도 하였다. 지원이 필요한 학생들 중에는 부모 없이 할머니와 사는 학생, 부모가 있어도 장애인이어서 생활이 어려운 학생들도 있어 이들에게는 생활비 형태로 지급하기도 하였다.

2001년, 청죽봉사회 회원으로 있던 동료가 지병으로 사망을 하였다. 그에게는 어린 두 자녀가 있었는데, 갑자기 세상을 떠난 그를 대신하여 청죽봉사회에서 고등학교 졸업 때까지 두 자녀의 학자금을 지원을 해주었다. 회원은 사망하고 우리 곁을 떠났지만, 이후로 가족들이 회원으로 가입하여 기부의 대를 이어가고 있다.

청죽봉사회가 만들어진 후 지금까지 봉사 활동 이외에 후원한 금액이 7천만 원에 달한다. 2022년 2월 1일은 청죽봉사회가 30세가 되는 생일이었다. 코로나19로 인해 기념행사를 못하였지만, 상황이 나아지면 모두가 한자리에 모여 축배의 잔을 들고 싶다. 그리고 이 자리를 통해 박재일 형님의 소개로 인연을 맺어 30년간 꾸준히 후원해 주시고 있는 구일구 회원께도 감사의 인사를 전한다.

"청죽이여 푸르게 푸르게 자라 50년, 100년 이웃들을 섬기기를."

오드리 헵번의 말을 빌려 마무리 한다. 그녀는 다음과 같이 말하였다.

"기억하라. 만약에 당신이 다른 사람에게 도움을 줄 손이 필요하다면 팔 끝에 있는 손을 이용하면 된다. 당신이 더 나이가 들면 손이 두 개라는 것을 발견하게 될 것이다. 한 손은 당신을 도울 손이고 나머지 한 손은 다른 사람을 도울 손이다."

넝쿨한우리후원회 회원 여러분

　　넝쿨한우리후원회가 17년의 역사를 지나 20년을 향해 열심히 달려가고 있는 지금, 후원회 회원님들, 그리고 넝쿨한우리봉사회 회원 여러분 연말을 잘 마무리 하시고 희망찬 새해를 시작하셨는지요. 새로운 새해를 시작하면서 담배를 꼭 끊고, 운동 또한 열심히 하여 건강을 되찾겠다는 것이 새해 소망 1위라고 합니다. 나이에 따라서는 목표가 바뀔 수 있겠지만, 건강이 기본이 되지 않는 목표는 돈도 명예도 부질없는 메아리입니다.

"매양 추위 속에 해는 가고 또 오는 거지만 새해는 그런대로 따스하게 맞을 일이다. 얼음장 밑에도 물고기가 숨 쉬고 파릇한 미나리 싹이 봄날을 꿈꾸듯 새해는 참고 꿈도 좀 가지고 맞을 일이다. 오늘 아침 따스한 한 잔술과 한 그릇 국을 앞에 하였거든 그것만이라도 푸지고 고마운 것으로 생각하라. 세상은 험난하고 각박하다지만, 세상은 살만한 곳. 한 살 나이를 더한 만큼 좀 더 착하고 슬기로운 것을 생각하라. 아무리 매운 추위 속에 해가 가고 또 올지라도 어린것들 잇몸에 돋아나는 고운 이빨을 보듯 새해는 그렇게 맞을 일이다."

새해가 되면 김종길의 '설날 아침에'라는 글을 생각하며, 일 년을 계획합니다. 세상이 각박하고 험난하다지만, 그동안 봉사 활동을 열심히 해왔듯 새해를 맞으며 새로운 봉사의 다짐을 하였으면 합니다. 틀에 박힌 내용보다 새로운 대안을 생각하여 20주년을 더욱더 알차게 준비했으면 합니다. 내부적인 결속과 신입 회원 활성화를 통해 다시 한번 부활할 수 있는 아름다운 한 해가 될 수 있도록 회원 여러분들의 분발을 기대해 봅니다.

후원해 주시는 회원님들, 그리고 함께 봉사에 직접 참여해 주시는 회원님들이 계시기에 넝쿨한우리봉사회와 넝쿨한우리후원회는 내년에도 큰 발전을 이루어 갈 것입니다. 봉사와 기부는 여러분들의 가정에는 행복을, 도움을 받는 분들에게는 생명과 같은 힘이 될 것입니

봉사, 그대에게 향기를 주면 난 꽃이 된다

다. 여러분들이 있어 세상은 아직 살만하며, 여러분들이 있어 힘이
되는 이웃이 있다는 것을 기억하시기 바랍니다. 너무 큰 계획보다는
작지만 소소하게 실천할 수 있는 작은 계획을 세워 한 해를 희망차게
시작하시길 기원합니다.

기부로 도움을 주시는 분들

봉사 활동을 한다고 하면, 큰일을 하는 사람처럼 나를 치켜세우는 사람들이 많다.

"현섭아, 정말 존경한다. 세상 살면서 너같이 남을 위해 사는 사람은 처음 본다."

후원을 해주는 형님의 말이다. 남을 돕는다고 하니 본인들이 하지 못하는 일을 대신해 주는 그런 간접 기쁨을 누리는 것 같다.

"선배님 골프도 치고 일요일에는 산에도 가고 본인을 위해 더 시간을 가져야 하는 거 아닙니까?"

이렇게 이야기하는 후배도 있다.

"고맙네, 후배는 시간이 없어서 봉사하기는 어렵지? 한 달에 1만 원만 어려운 이웃을 위해 기부해줄 수 있겠나?"
"예, 선배님 당연히 해 드려야죠. 저도 기꺼이 동참하겠습니다."

김창섭 후배의 말이다. 이렇게 이야기하며 함께한 세월이 20년을 거슬러 올라가고 있다. 봉사를 함께하며 후원회에 동참하는 회원 가족과, 가족 한 명당 5천 원씩, 총 1만 5천 원을 기부하는 봉사자 지인, 주위에 있는 지인들에게 후원을 권해 재정의 버팀목이 되어 주는 회원들 등 이러한 분들이 있었기에 봉사와 기부는 멈추지 않고 꾸준히 이어지고 있다.

2002년, 후원회 사업을 시작하면서 지금까지 도움을 주는 특별한 사람이 있다. 회사에 자재를 납품하는 분이다. 나보다 몇 년 나이는 적은 사람인데, 어느 날 봉사에 참여하고 싶다며 말을 걸어왔다.

"형님 좋은 일 하신다는데, 저도 동참하면 안 돼요? 제가 한 달에 1

만 원씩 이체해드릴게요."

이 말을 듣고 잠깐 망설였다. 회사 직영도 아니고, 나와 직접적인 업무 연관도 없는 사람이 다가와 한 말이었기 때문이다. 그렇게 멍하니 서 있던 내게 다가와 계좌 번호를 적어갔다. 너무나 감사한 일이기에 정신을 차리며, 음료수 하나를 건네었다.

"형님 갑니다. 내일 올게요."

부르릉 시동을 걸고 떠나갔다. 그리고 그는 20년이 넘는 지금까지 후원을 이어가고 있다. 내가 그 부서를 떠나 온 지가 13년이 되었는데도 말이다. 몇 년 전, 당시 그분과 함께 납품을 했던 기사가 우리 공장에 납품을 왔기에 그분의 근황을 물어보았다.

"혹시 박종혁 씨라고 아시는지요? 예전에 시트 공장에 납품하였는데….”
"그분 그 회사 떠난 지 한참 되었는데요.”
"그래요? 혹시 연락처 좀 알 수 있을까요?"
"저도 옛날 번호라 연락이 안 되네요.”

봉사, 그대에게 향기를 주면 난 꽃이 된다

아쉬운 마음에 혹시나 하고 가지고 있는 전화번호로 연락해봤지만, 여전히 '띠띠-' 하는 소리만 울릴 뿐이다. 이제 그만해도 된다고 이야기해주고 싶었는데, 아직도 지속하여 기부를 하고 있다. 정말 고맙고 감사한 마음을 전해주고 싶은데 찾을 길이 없다니, 그저 숙연해지고 눈물이 핑 돈다. 이런 천사들이 있기에 사회는 돌아가고, 어렵고 힘든 사람들에게 도움의 손길이 닿을 수 있는 것 같다. 1만 원이 누군가에게는 국밥 한 그릇 값이지만, 다른 누군가에게는 생명과도 같음을 또 한 번 느낀다.

"후배님, 내가 매달 5만 원씩 후원할게."

한의원을 운영하며 도움을 주시는 선배님도 매월 3만 원을 20년째 보내주고 계신다.

"친구야 내가 매달 5만 원씩 후원할게."

5만 원에서 2만 원으로 설득하여 매월 2만 원씩 꾸준히 보내주고 있는 나의 고향 절친이다. 이처럼 차가운 바닷바람을 맞으며 번 돈을 꾸준히, 그리고 말없이 보내주는 후배, 일일이 다 말할 수는 없지만, 봉사를 함께 하면서도 후원회에 따로 1만 원씩 후원하고 있는 넝쿨한우리 회원들 등 모든 사람들에게 지면을 빌어 심심한 감사의 마음을 전한다. 봉사의 힘은 희망을 품게 하고, 눈물이 나게 하고, 감동을 주는 휴먼 다큐라고 이야기하고 싶다.

오래전, 우리 곁을 떠나 지금은 고인이 되신 한 분이 있다. 울산 북구 화봉동에서 조그만 박스 공장을 운영하며, 봉사도 열심히 하셨던 분이다. 갑자기 지병으로 우리 곁을 떠났다. 어려운 여건 속에서도 떡, 과일, 회식비까지 아낌없이 나눔을 실천하였던 분이다. 큰 기업을 운영하며 남을 돕고 기부하는 사람들은 액수도 크고 회사의 이익을 위해 사회에 환원하는 차원이 강하지만, 그런 분은 아주 작은 사업장을 운영하면서 남을 도우니 더 존경스럽고 칭찬해주고 싶다. 그분들은 회사의 이익과 홍보를 위해 봉사를 하는 것이 아니기 때문이다. 참여하는 봉사의 대안으로 기부 문화가 확산되기를 기대한다. 어디 가서 후원하라는 이야기를 하기가 쉽지 않다. 정말 친하고, 이 친구라면 작은 금액이더라도 후원해주지 않을까 해서 이야기를 했다가 종종 민망한 상황이 발생하기도 한다.

"선배님 정말 미안합니다. 집사람이 여러 곳에 후원하고 있어서 죄송하네요."

이런 말을 할 때면, 낯이 간지러워지고 괜한 말을 했나 후회하기

봉사, 그대에게 향기를 주면 난 꽃이 된다

도 한다. 그렇다고 그 후배를 서운하게 생각하지는 않는다. 처음에는 서운한 감정이 있더라도 훌훌 털어 버려야 한다. 어느 곳이라도 먼저 봉사하고 후원하고 있다는 것이 대견하고 아름다운 모습 아니겠는가. 봉사한다는 것은 타인을 이해하고 배려하는 마음을 우선으로 하지 않는다면, 남들과 다름이 무엇이겠는가. 타인을 칭찬하고 배려하고 나를 낮출 때 진정으로 봉사하는 사람들을 존경하고, 그 사람을 보고 기부도 봉사도 시작하는 것이라고 생각한다. 그냥 이루어지는 것은 아무것도 없다. 5천 원의 후원금이라도 도움을 주는 사람에게는 감사의 뜻을 표하고 고맙다는 말을 전해야 한다.

우리나라는 기부에 대한 인식이 부정적이어서 쉽게 기부나 후원금을 내는 사람들이 많지 않다. 일단 기부금이 어디에 쓰이는지를 먼저 의심한다. 아직도 사람들은 기부 후원에 대한 인식이 좋지 않음을 잘 알고 있다. 투명함과 불신이 기부를 하지 못하게 하는 중요한 요인이다. 미국, 뉴질랜드, 호주 등 기부가 보편화된 나라들은 80%의 기부자가 개인이다. 우리나라의 기부 80%가 기업 기부인 것과 대조적이다. 우리 국민은 기부에 대해 너무 높은 눈높이로 다가가는 경향이 기부를 주저하게 만든다. 작지만 함께하는 나눔 문화가 사회를 풍요롭게 한다.

장인어른과 가족들의 기부 동참

넝쿨한우리후원회는 봉사에 직접 참여하지 못하는 사람들에게 봉사와 기부가 다르지 않다는 것을 보여주고 싶어서 만들었다. 2002년, 넝쿨한우리봉사회 10주년 행사 후, 바로 후원회를 결성하여 선후배들을 찾아다니며 기부의 필요성과 이유를 설명하고 회원을 모집하였다. 당시에는 시트 사업부에서 근무할 때였는데, 손빈수 회원이 그때부터 최근까지 총 25명의 회원을 넝쿨한우리후원회에 가입할 수 있게 도왔다. 또 후원회가 흔들리지 않고, 유지할 수 있도록 이강희 넝쿨한우리 회장, 권영은 회원 등이 많은 역할을 해주어 든든한 버팀목이 되고 있다. 5천 원부터 3만 원까지 다양한 금액으로 후원금을 모금하고 있다. 믿고 후원해주신 분들에게 진심으로 감사의 말씀을 드린다.

고등학교 친목 단체인 문맥회 회원들의 도움도 크다. 10여 명이 기부에 동참하고 있다. 세상에 내 돈 안 아까운 사람이 어디 있겠는가. 세탁소를 운영하시는 분이나, 직장인 등 부유하지 않으면서도 돈을 쪼개어 기부에 동참해 주시는 많은 분들이 있다. 작지만 기부를 한다는 자체가 후원회를 믿고, 봉사하는 모습을 보고 동참해주는 것으로 생각한다. 지나가는 사람에게 기부하라고 하면 생면부지인 사람을 뭘 믿고 기부하겠는가? 수년간의 봉사를 통해 검증되었기에 기부해 주시는 것으로 생각한다.

주위에는 어렵고 힘든 사람이 많다. 학생을 추천하기 위해 학교에 의뢰하면, 학생들은 자신을 도와달라고 이야기하지 않는다고 한다. 드러난 생활 보호 대상자는 서류상 보이지만, 부모님의 사업이 갑자기 기울어지거나 폐업하여 어려움에 부닥친 학생들은 겉으로 봐서는 아무도 모른다. 무엇하나 물어볼 수가 없다. 그래서 지원하면서 대상자는 물어보지도 않으며, 대면하여 전달도 하지 않는다. 그저 자료를 참조하고 통장으로 돈을 보낸다. 개인의 생활도 보장하며 조용히 전달한다.

사위가 봉사한다고 하니 장인어른, 큰처남, 둘째 처남, 처형 등 모든 가족이 후원에 동참하고 있다. 큰누나도 항상 많은 도움을 주고 있다. 2010년부터 현재까지 내가 한 기부 금액은 6,000만 원이다. 살아있는 한 꾸준히 봉사와 기부도 이어 갈 것이다.

2025년, 퇴직 후에도 기존의 봉사를 계속해서 이어갈 것이다. 포터에 피자 기계를 싣고 전국 복지 시설을 돌며, 가난하고 소외된 이웃들에게 사랑의 피자를 구워줄 계획이다. 또 봉사 경험을 살려 강의도 하고, 내가 필요한 곳이라면 어디라도 가서 도울 것이다.

작은 시냇물이 모여 강물을 이룬다. 강물이 흘러 바다를 이루는 것이 자연의 이치이다. 내가 봉사하고 기부하는 것이 비록 작은 물일지라도, 흘러가며 목마른 사람의 갈증을 해소해주고, 떨어지는 꽃잎을 담아 향기롭게 흘러갈 것이다. 시간이 흘러 어느새 내 가족과 주변 사람들도 작은 물을 만들어 잔잔한 호수를 이루었다. 그리고 그 작은 물들이 나의 물과 합쳐져 강이 되었다. 이 강이 흘러가다 보면 다른 강과 합쳐져 겨울에도 얼지 않는 사랑의 물이 출렁이는 바다와 만나게 될 것이다.

넝쿨한우리봉사회 20주년, 후원회 10주년

2012년 8월 15일(수) 18시, 울산 MBC 컨벤션에서 넝쿨한우리봉사회 20주년, 후원회 10주년 행사가 성황리에 끝이 났다. 130명을 식수인원으로 예약을 하였는데, 200명이 넘게 참석하였으니 대박이라고할 수밖에 없는 행사였다. 그러나 처음부터 이 행사가 이렇게 성황리에 마무리할 것이라고는 생각하지 못하였다. 행사 시작 전, 행사 예산을 잡아보니 대략 950만 원이 필요하였고, 식대가 부담되어 가족별참여도가 떨어질 것이라고 예상할 수밖에 없는 상황이었기 때문이다. 회원들에게 후원금을 모금하는 것도 부담이지만, 마땅한 대안이 없어 모금에 대한 당위성을 설명하고 모금을 시작하였다. 그렇게 시작한 모금이 500여만 원이 되었고, 자투리 100만 원을 더하니 회원들의 식대를 3만 원에서 1만 원으로 충분히 낮추고도 가능한 금액이 모였다. 대단한 성과였고, 의외의 결과였다. 어느 단체를 가더라도 10만 원, 20만 원씩 선뜻 내는 사람이 크게 없는 현실에서 넝쿨한우리봉사회와 후원회의 단합된 모습을 다시 한번 볼 수 있었다.

행사의 취지는 후원회 회원들, 그리고 옛날에 함께하였던 회원들을 초대하여 지금까지의 경과보고를 하고, 함께 축하하는 장이었다. 그렇기에 기획 의도도 그런 방향으로 잡았고, 결과 또한 빗나가지 않는 성과로 연결되었다. 또 2002년 10주년 행사 책자를 바탕으로 100권의 책을 제작하여, 20주년 행사 때 배포하였다.

지난해 9월에는 회의를 통해 김평철 김순희 형님 부부, 권영은 김균순 형님 부부, 김재호, 박혜숙, 이수민, 손민수 회원, 그리고 카페지기 김춘수 회원에게 감사패를 전달하였으며, 김영일, 김형태 후원회 회원에게는 회원들의 마음이 새겨진 공로패를 전달하였다. 그리고 프레젠테이션을 통해 후원회 회원의 가게를 소개하고 일일이 인사를 하게 하여 회원들의 관심을 통한 후원 회원들의 참여를 유도하였다. 얼마나 고맙고 아름다운 사람들인가. 이분들이 있었기에 넝쿨한우리 후원회가 자립할 수 있었고 앞으로도 더욱 성장할 수 있는 발판을 만들어 갈 수 있을 것이다. 넝쿨한우리봉사회와 후원회에서 지금까지 지원한 금액이 2억 원을 넘어서고 있다. 회원 모두가 노력하고 합심한 결과이다. 넝쿨한우리봉사회 30주년, 넝쿨한우리후원회 20주년이 되는 2022년에는 더 많은 지원금이 모여져 어려운 이웃들에게 지원되기를 기원해 본다.

회원들의 열정과 관심이 넝쿨한우리봉사회와 후원회의 역사를 더욱더 풍성하고 알차게 만들어 갈 것을 의심치 않는다. 다시 한번 행사에 도움을 주신 회원들과 후원회 회원분들에게 감사의 마음을 전한다. 벌써 30주년 행사가 기다려진다.

아낌없이 나누어 주신 류만준 형님 이야기

넝쿨한우리봉사회의 후원 회장 역할을 해주시는 두 분이 계신다. 30년 전, 울산에서 경주안강향우회 발족식에 함께 참여하면서 인연을 맺었다. 먼저 김석환 선배님은 변호사를 하시면서 행사 때마다 수차례 큰 금액을 기부하시며 도움을 주시고, 류만준 형님은 정말 아낌없이 주는 나무처럼 봉사회와 후원회를 위해 물심양면으로 도움을 주시며, 우리들의 뿌리이자 기둥의 역할을 하고 계신다. 향우회 초기, 향우회 업무를 하러 다니면서 류만준 형님과 친해져 자연스럽게 봉사 이야기를 나누었다.

올해 60대 중반이 되신 류만준 형님의 기부는 차근차근 시작되었다. 형님은 신정시장 골목에서 엘피 가스(LP gas) 관련 설비와 배달업을 하셨다. 신정시장은 울산에서 가장 크고 상가도 많아 형님을 만나려면 거의 저녁 9시 가까이 되어서야 만날 수 있었다. 새벽 4시부터 일을 시작하여 저녁 9시가 되어서야 마감을 하다 보니 늘 바쁘고 만나기가 쉽지 않았다. 돈을 벌면서도 티를 내지 않고 늘 베풀기만 하시는 분이다. 옷도 좋은 옷이 거의 없다. 대형 가스 그림이 새겨진 잠바에 허름한 운동화가 전부이다. 몇 평 되지 않는 가게에서 가족들과 함께 생활하고 계신다. 많은 것을 가지고 있는 사람들 중, 아무런 목적 없이 남을 돕기 위해 선의를 베푸는 사람은 거의 보지 못했다. 그렇다고 가진 사람들이 꼭 기부하고 남을 도와야 한다는 것은 아니다. 모질고 끈질긴 가난을 겪어보지 못한 사람들 중, 봉사와 기부를 하는 사람들이 그렇게 많지는 않다는 이야기이다. 그분들을 싸잡아서 나쁘게 표현하고자 하는 것은 아니다. 환경이 그렇게 만든다는 이야기를 하고 싶은 것이다. 봉사를 하다 보면, 눈물 나게 하는 것들이 많다. 이러한 봉사를 통해 작지만 큰 행복 속에서 함께하는 사람들과 인생을 쌓아 가고 있다. 나누고 내려놓고 양보하고 배려하는데 무슨 논쟁이 있고 색깔이 있겠는가, 그런 것을 다 겪어왔다. 살아 보니, 그리고 살다 보니 별거 아니라는 것을 알아가고 있다.

그 길을 가 본 사람만이 그 길을 안다. 아픔을 겪어본 사람만이 아품을 안다. 어려움을 겪어본 사람만이 어려움이 얼마나 힘이 드는가를 안다. 뜨거운 해가 내리쬐는 한여름 오후, 아스팔트 위를 힘겹게 꿈틀거리며 기어가는 지렁이를 보았다. 복사열로 온몸이 고통스럽지만, 풀밭을 향해 기어가는 지렁이. 지렁이를 들어 풀밭으로 옮겨주었다. 나에겐 지렁이를 옮기는 일은 어려운 일이 아니었다. 하지만 지렁이는 목숨이 걸린 고통의 문제였다. 내가 이 지렁이를 보았을 때, 나 역시 무척 힘이 드는 시간을 보내고 있던 시기였다. 그래서 누군가가 이 지렁이처럼 나를 이 고통에서 고통이 없는 곳으로 옮겨주면 얼마나 좋을까를 생각하였다. 고통을 겪어본 사람만이 고통의 깊이를 헤아린다. 그런데 고통을 겪지 않고도 그 고통의 깊이를 헤아려 봉사하고 기부하는 사람은 얼마나 대단한 사람들인가. 지렁이를 옮기듯 별것 아닌 일이, 도움을 받는 사람에게는 생명을 구원하는 일이 된다.

"인생 뭐 있다고, 나는 아직 멀었다. 할 일이 많다. 어려운 사람과 평생 함께할 것이다."

인생을 살아가면서 한 번씩 되새기는 문장이다. 2001년 4월 17일, 만준 형님의 모친상 이후 어렵게 형님과 통화를 하였다.

"현섭아 미안하다. 요즘 너무 바빠서 연락을 통 못 했네. 오늘 우리

가게로 8시 30분까지 와라. 바빠서 끊는다."

이후, 오랜만에 형님의 가게에서 모여 회원들과 함께 간단한 저녁 식사를 하게 되었다. 그동안에 쌓인 회포를 풀며 분위기가 무르익을 때쯤, 만준 형님이 말하였다.

"○○집에 안 간 지 한참 된 것 같은데, 무슨 일이 있는가?"
"별일 없습니다. 형님. 걱정하지 않으셔도 되요. 그나저나 형님, ○○○ 집에 배달도 오래 해주셨는데, 도움이 필요한 집이 한 군데 더 있어서…. 그 집을 좀 도와주고 싶은데 안 될까요?"

내 말을 들은 형님은 다른 집이 어디냐고 물으며, 흔쾌히 같이 배달을 해주겠다고 하였다. 예전에 화봉동에 있는 ○○○ 집에 보일러를 설치하는데 100만 원을 지원해주고, 또 고장이나 수리비 60만 원까지 내주었기 때문에 말하기가 참 어려운 상황이었다. 게다가 이번에 새로 부탁하는 야음동 할머니 댁은 거리도 멀고, 너무 많은 부탁을 하는 것이 아닐까 해서 미안한 상황이었다.

이래저래 형님은 세 곳의 집에 6년간 가스를 무료로 배달해 주셨다. 보일러 비용, 가스 요금, 수리비까지 하면 돈으로 다 계산이 되지 않을 만큼의 도움을 주시고 계셨던 것이다. 거기에 새로이 방문하는 야음동 할머니 댁에는 가스를 넣어드리고 용돈으로 5만 원까지 드리고 오셨다.

"현섭아, 야음동 할머니 댁에 가스 넣어드리고 왔다. 요즘 아주 바쁘니 필요하면 연락해라."

감사하다고 인사할 시간도 없이 할 말만 하고 전화를 끊으셨다. 그로부터 며칠 뒤, 월례회를 마치고 회원 10여 명과 형님 가게를 무작정 방문하였다. 형수님이 우리를 반갑게 맞아주었다.

"봉사하신다고 고생이 많지요."

여전히 우리를 보고 따뜻한 미소로 반겨주시는 형수님, 형수님께서는 차를 내어 오셨고, 이런저런 이야기를 하며, 시간을 보내던 중 형님에게 전화가 왔다.

"옆집 삼겹살집에 가서 고기 좀 먹고 있어라. 옷 갈아입고 금방 갈게."
"아니에요. 오늘은 우리가 형님한테 저녁 대접하려고 큰마음 먹고 왔어요."
"사실 오늘 일이 많아서 조금 늦을 것 같은데, 그럼 형수 데리고 가서 먼저 먹고 있어. 끝나고 바로 가마."

"아, 그렇게 하겠습니다. 형님. 조심해서 오세요."

그렇게 형수님을 모시고 삼겹살집에서 음식을 먹고 계산하려고 하니, 황급히 식당 사장님이 뛰어오셨다.

"가스 사장님한테 전화가 왔는데, 봉사하는 친구들이니 본인이 계산하신다면서 절대로 돈 받지 말라고 했습니다."

그 말을 듣고 어떻게든 계산하려고 하였지만, 형수님과 식당 사장님의 만류로 계산을 하지 못하고 있었다. 잠시 뒤, 형님이 오셔서 16만 원을 계산하시고 우리를 불러 모으셨다.

"내가 바빠서 봉사 모임에는 자주 가지 못하지만, 경제적인 지원은 할게."

그리고 말이 끝나기도 전에 현금 60만 원을 꺼내 주셨다. 그러면서 조심스럽게 말을 이어가셨다.

"큰돈은 아니지만 이 돈은 후원금으로 쓰도록 하고, 한 달에 20만 원씩 기부도 하려고 하니, 모두들 부담 갖지 말았으면 좋겠네."

그 말을 듣고, 이수민 회원이 벌떡 일어났다.

"절대로 안 됩니다. 지금까지 아저씨께서 하시는 것도 엄청난데, 여기서 더 받을 수는 없습니다. 마음만 받도록 하겠습니다."

회원들 역시 그 마음을 익히 알고 있는 상황이니 이상할 것이 없었다. 현재 형님은 가스 관련 일을 그만 두시고, 현대자동차 납품 일을 하고 계신다. 종종 사내에서 가끔 만나는데, 그때마다 할 수 있는 것은 전부 챙겨드리려고 노력하고 있다. 30주년 행사 때는 형님을 초대해서 회원들과 함께할 생각이다. 살면서 '배은망덕한 사람은 되지 말자.'라는 말을 지키려고 노력한다. 인간은 망각의 동물이기에 시간이 날 때 마다 일기장을 보고, 회의 기록들을 들추어 본다. 기부금 후원을 해주고 함께하는 사람을 기억하는 게 최소한의 도리가 아닐까 하는 생각이 들어서이다. 나를 믿고 함께한 사람들인데 할 건 해야 하지 않겠는가. 가지면 가질수록 커지는 게 욕심이다. 그리고 가지면 가질수록 늘리고 싶은 것이 재산이다. 욕심의 무게와 금고의 크기가 비례 되는 세상이다.

요즘 방송에서 연예인들의 집을 공개하고, 수익이 얼마라고 하면

봉사, 그대에게 향기를 주면 난 꽃이 된다

서 위화감을 조장하고 있다는 기사를 보았다. 코로나19로 전 국민이 힘들어하는 시기에 방송사에서는 왜 저런 프로그램을 만드는지, 나 또한 기분이 좋지 않다. 배려하는 마음, 남을 생각하는 마음이 없기 때문은 아닐까. 돈만 벌면 된다는 생각이 국민을 힘들게 하고, 사회를 양극화시킨다. 언론과 방송이 제대로 된 역할을 할 때 성숙한 시민의식도 함께 성장 될 것이다.

　잠시 시간을 내어 주위를 살펴보면 어려운 사람이 많이 있다. 드라마, 광고만 보지 말고 눈을 돌려 애타게 도움을 바라는 고사리 손의 광고를 보자. 3천 원의 행복을 자녀들과 함께 누려보길 당부 드린다. 그냥 살다 보면 아무것도 남지 않는다. 자녀 교육은 돈으로만 해결이 되지 않음을 모르는 부모는 없다. 자녀의 인성 교육에 봉사가 많은 도움이 되는 걸 체험하고 있다. 학생들에게 자주 이야기한다. 봉사를 통해서 자신을 꾸준히 업그레이드하면, 대입이나 취업 시 많은 도움이 될 것이라고. 스펙은 현실이지 마음을 움직이는 감동은 없다. 봉사를 통해 느낀 점, 생각의 변화 등을 자기소개서에 작성한다면 면접관도 후한 점수를 줄 것이다.

　인생은 그렇게 길지 않다. 그리고 신은 누구에게나 공평하다. 건강한 시간은 유능한 사람을 만들고, 무능한 사람은 시간을 탓한다. 유한한 생명이 무한한 시간을 잠시 빌려 쓰고 가는 것뿐이다. 그 시간을 가장 가치 있게 보내는 방법이 봉사하는 길이다.

PART

7

우리 가족 봉사 이야기

가족 봉사의 힘

나는 가족이 함께하는 봉사를 인생 최고의 덕목이라 생각한다. 살아가면서 힘이 들 때 가족이라는 울타리는 큰 힘이 된다. 봉사도 마찬가지다. 가족과 함께 하는 봉사는 보람이 배가 되고 자녀의 교육에도 아주 유용하다. 먼저 내가 변하는 모습을 보이면, 얼마 후에는 자녀의 행동이 변하는 것을 느끼게 될 것이다. 나는 33년 동안 봉사하면서 그런 것을 많이 겪었고, 또 느꼈다. 그렇기에 자녀의 교육에 있어 봉사만큼 좋은 것은 없다고 생각한다. 30년을 함께하면서 가족과 싸워 본 적이 없다. 사소한 감정 대립이 있어도 내가 먼저 사과하고,

봉사, 그대에게 향기를 주면 난 꽃이 된다

어깨를 감싸준다. '우린 늙어 가는 것이 아니라 조금씩 익어가는 겁니다.'라는 가사처럼.

현대를 물질 만능 시대라고 흔히 이야기한다. 또한 오늘날에는 한 집에서 생활하는 가족도 단절을 겪는 경우가 많다. 그 주된 이유 중 하나가 휴대폰 때문이다. 예전에는 가족이 얼굴을 보고 서로 이야기를 나누었다면, 이제는 휴대폰과 대화한다. 대화의 단절은 곧 정서의 단절을 의미한다. 집은 힘든 세상을 날기 위한 날개의 근육을 만드는 곳이다. 그런데 가족 내에서의 단절은 힘을 얻기는커녕 많은 문제를 발생시킨다. 힘을 얻어야 할 가정이 반대로, 이혼이 증가하고 청소년이 탈선하는 등 많은 사회 문제의 원인을 제공하는 곳이 되고 있는 것이다. 그것을 극복할 수 있는 한 축이 가족이 함께 봉사를 체험하는 것이다.

우리 가족은 매월 1회 태연재활원을 방문한다. 1992년 창단 때부터 여러 가족이 함께하는 봉사 모임에 참여하였다. 처음부터 함께 한 가족의 자녀들은 젖먹이부터 초등학생이 주를 이루었다. 어른들이 봉사하는 동안 아이들은 서로 어울려 놀았다. 부모가 가니까 그냥 따라온 것이다. 그중에 큰아이는 어린아이의 손을 잡고 걸음마를 시키며 함께 놀았다. 철모르고 부모를 따라왔던 그때의 아이들이 지금은 서른 살의 성인이 되어 돌아왔다. 그리고 30년이 지난 지금도 그들은 서로의 손을 잡고 함께 봉사하고 있다. 누구는 여자친구와 누구는 결혼하여 가족 봉사의 대를 이어가고 있다.

태연재활원에는 재활원생의 재택 훈련이 있다. 재활원생을 봉사자의 집으로 데려와 하루를 함께 보내는 봉사이다. 나는 자녀를 키우고 있는 부모의 처지에서 장애인인 원생과 자녀가 서로 대화하고 하루를 함께 하는 것이 가장 현실적인 자녀 교육이라 생각한다. 타인을 위한 봉사 활동의 시작이 처음의 마음이었다면, 이제는 나 자신의 수양과 가족의 중요함을 깨닫게 하는 너무나 아름답고 고귀한 선물이며, 인생의 희망이라 생각하고 있다.

봉사는 단순하다. 어렵게 생각하지만, 부딪치면 거기에서 답이 나온다. 행복한 변화의 시작이다. 봉사가 끝나면 서로의 의견을 개진하여 평가도 하며, 더 나은 다음을 위해 협의한다. 요즘 봉사하는 사람을 모집하기가 힘이 든다. 또 사는 것이 힘들어지니 봉사를 취업의 수단으로 여겨, 잠시 왔다 머무르는 경우도 종종 있다. 하지만 그것도 긍정적이고 큰 변화라고 생각한다. 사회 변화의 시작은 청소년이 자발적으로 봉사하게 만드는 것이다. 수동적인 봉사라고 하더라도 그때의 감동은 평생 간직될 것이기 때문이다.

올해 서른 살이 된 아들은 엄마의 배 속에 있을 때부터 봉사하는 부모를 따라다녔다. 그 덕분일까, 아들은 어렸을 때부터 건널목을 건

봉사, 그대에게 향기를 주면 난 꽃이 된다

너다 장애인이나 노약자가 있으면, 손을 들고 기다렸다 함께 건넌다. 그리고 그것이 더불어 살아가는 사람의 일상이라고 말한다. 봉사는 세상을 온화하게 만들고 정화하는 아름다운 행위이다. 여러분도 주위를 둘러보고 가족이 함께하는 것부터 시작한다면, 큰 변화를 체험할 것이다. 봉사는 남을 위해 하는 것이 아니라 나의 위안이자 '자기 성취', '자기 성찰'이라고 정의하고 싶다. 넝쿨한우리봉사회는 가족과 함께 봉사하는 모임이다 보니 대부분이 가족과 함께 봉사를 하러 온다. 어린아이들은 봉사를 따라와서 그냥 놀다 간다. 하지만 이 아이들이 그냥 노는 것 같아도, 봉사하는 부모를 자연스럽게 보고 있다. 그렇기에 시간이 지나면 아이들에게 봉사 정신이 자연스럽게 흡수된다. 장애인을 챙기고 스스로 봉사 방향을 찾아가는 걸 자주 보았다. 우리도 여기까지 오면서 시행착오도 많이 겪었다. 정답은 자연스럽게 어울리도록 하는 것이다. 그렇게 자라온 친구들이 봉사의 의미를 알고 성장하여 돌아왔다. 연어가 알을 낳고 수만 km를 헤엄쳐 돌아오듯 말이다.

자식에게 돈을 유산으로 물려주는 것은 부모에게는 자연스러운 이치다. 하지만 돈보다 아름다운 정신을 물려주는 것이 더 귀하다. 돈으로 행복을 살 수 없지만, 아름다운 정신으로는 행복을 살 수 있기 때문이다.

아내와 함께한 무료 급식소 봉사

봄의 절정에 물오른 유채꽃이 태화강 봄바람에 흩날리는 토요일 아침. 아직 이른 시간임에도 많은 사람들이 강변에 나와 건강을 위해 열심히 달리고 있다. 모처럼 휴일을 맞은 아내는 일찍 일어나 아들의 등교를 위해 아침을 준비하고, 다시 이불 속으로 들어갈 요량이었다.

오래전부터 무료 급식 봉사를 체험해 보고 싶었지만, 나 혼자 가봐야 별 도움이 되지 않을 일이기에 식사를 하면서 아내를 설득하였다. 아내는 나의 부탁에 흔쾌히 동의하였고, 곧바로 나갈 채비를 하였다. 아이를 등교시키고 곧바로 출발한 곳은 구 고속버스터미널 뒤에 있

봉사, 그대에게 향기를 주면 난 꽃이 된다

는 무료 급식소인 '나눔과 섬김의 집'이다. 지난 2월, 현대자동차 노사와 공동으로 추진한 사회 공헌 기금 전달식에 참여하면서 이곳을 처음으로 접하게 되었다. 기독교 단체에서 운영을 맡아서 관리하였으며, 봉사자 또한 교회 신자 중심으로 운영되어 교회별로 한 달 일정표가 미리 정해져 있었다.

우리가 도착한 시간은 오전 9시가 넘어가는 시간이었지만, 부엌에는 벌써 울산 교회에서 온 교우들이 앞치마를 두르고 반찬 준비가 한창이었다. 집사람과 나는 그곳의 간사에게 참여 동기를 이야기하고, 부엌으로 들어가 오늘 하루 일을 도우러 왔다며 봉사자들에게 인사를 하였다. 봉사자들은 우리 부부를 반갑게 맞이해 주었다. 이어서 아주머니 한 분이 집사람에게 앞치마를 건네고, 나에게는 아주 잘 왔다며 수도꼭지가 파손되었으니 빨리 수리를 해달라고 하였다. 공구를 찾기 위해 2층 사무실로 내려가 보니, 회의를 하는지 몇 번을 오르락내리락하여도 사람 하나 보이지 않았다.

호스를 절단하기 위해 철물점을 찾기 시작하였다. 아직 이른 시간이어서 그런지 보이는 철물점 모두 문을 열지 않았다. 그렇게 10여 분을 찾아다니니 조그만한 철물점이 하나 보였다. 주인에게 자초지종을 이야기를 하고, 공구를 빌려 교체 작업을 마무리하였다.

부엌에는 여전히 여러 사람들이 더 분주하게 움직이고 있었으며, 동그랑땡 굽는 냄새가 식당을 가득 채웠다. 아내도 김치를 썰고, 미역무침을 하며, 정신없이 일하고 있었다. 아직 10시가 채 되지 않은 시간이었지만, 어르신들은 삼삼오오 식당 의자에 앉아 식사를 기다리고 계셨다. 10시 30분경, 오늘 배달할 도시락 가방을 가져와 식기를 씻었다. 따뜻한 음식을 담아 배달 봉사자에게 인계하고 식당 바닥을 닦으며, 배식 준비를 마무리하였다.

사람들이 한두 명씩 모여드는 사이, 어느덧 시간은 12시에 가까워지고, 누가 줄을 서라고 이야기하지 않았지만, 서로 질서를 지키며 한 줄로 서 있었다. 100원씩 거두는 돈 통에 톡톡 소리가 쌓이며, 즐거운 점심 식사가 시작되었다. 거동이 불편한 어르신들부터 먼저 식사가 이루어졌다. 잔반을 거두는 아저씨, 식기 세척, 배식 등 시곗바늘 움직이듯 분업화가 이루어져 혼잡하지 않았다. 차분한 분위기 속에서 배식은 끝나가고 어느덧 시간은 오후 1시를 넘어갔다. 나와 집사람은 남은 밥으로 점심을 먹고, 봉사자들에게 허리 숙여 고마움을 전하였다. 그리고 다음에 꼭 다시 오라는 봉사자의 이야기를 들으며, 집으로 돌아왔다. 평범한 토요일 오후였지만, 우리에게는 특별한 인생의 의미를 느끼게 해준 하루였다.

봉사, 그대에게 향기를 주면 난 꽃이 된다

우리 아들의 봉사 활동

◆ **아들의 우리 가족 봉사 활동 소개**

저의 아버지는 1990년에 봉사를 시작하여 지금까지 총 일곱 개의 봉사 단체를 결성하셨고, 매주 봉사하고 계십니다. 어머니 역시 1993년 결혼을 하시고 나서부터 지금까지 봉사를 하고 계시지요. 저는 어린 시절이 잘 기억나지는 않지만, 어머니의 배 속에 있을 때부터 부모님과 함께 봉사를 다녔다고 들었습니다. 그렇게 부모님을 따라 봉사를 하기 시작하였고, 아버지가 봉사 마일리지를 기록하기 시작한 2005년부터 지금까지 약 1,500여 시간의 봉사 활동을 하였습니다.

태연재활원 형, 누나들과 자주 접하고, 그 사람들의 살아가는 모습이 우리와는 다른 삶을 살아가고 있다는 것을 깨달았을 때 많은 생각과 고민을 하였습니다. 의사 표현이 자유롭지 않고 몸 또한 불편해 거동이 부자연스러웠지만, 만날 때면 항상 웃음을 건네는, 또 숨기지 않는 모습이 너무 좋았습니다.

어머니 아버지는 늘 저에게 낮은 삶을 살아가라고 충고하십니다. 아직은 그 말씀이 무슨 의미인지는 정확히 모르겠지만, 저도 어느새 봉사를 10년 정도 하다 보니 어떤 의미인지를 조금씩은 알아가고 있습니다.

지금 생각해 보면 양정초등학교 1학년 때, 우리 반에 청각 장애인 친구가 한 명 있었는데, 그 친구의 짝지가 되어 1년 동안 생활하면서 약간의 도움을 준 적이 있습니다. 그때 담임 선생님이 어머니께 말씀을 드렸는지, 저는 그때 봉사의 중요성을 조금은 이해하게 된 것 같습니다. 몇 년 전, 태연재활원에 있는 변○○, 장○○, 주○○ 형들과 저희 집에서 가족과 함께 1박 2일을 보내며, 놀이공원, 맥도날드, 영화관, 프로 농구 경기장에 다녀온 적이 있습니다. 그때 형들이 경험해보지 못했던 일을 함께하며, 너무나 좋아하던 모습이 아직도 생생하게 기억납니다. 매일같이 재활원에서만 생활하다 보니, 우리 가족과 함께한 시간이 얼마나 즐거웠을까요? 가끔씩 저에게 그때의 일을 말하며 즐거워하는 형들을 보면, 가슴 한구석이 아려옵니다.

봉사, 그대에게 향기를 주면 난 꽃이 된다

함께 봉사한 초·중학교 친구 아홉 명이 있는데, 지금도 모두 봉사 활동을 열심히 하고 있습니다. 저는 뚜렷이 한 것은 없지만, 열심히 봉사하며 살아가시는 부모님의 삶 속에서 늘 함께해온 제 자신에게 자랑스러움을 느끼며, 후회하지 않습니다. 고등학교에 입학하면서 피곤하고 힘들어 집에서 쉬고 싶은  날도 있었지만, 그래도 형들의 얼굴이 떠오르면서 봉사를 하러 가게 됩니다. 사실 부모님의 등에 떠밀려 간 적도 많습니다.

제가 봉사하는 내용을 적어보면, 매월 둘째 주 일요일에는 아버지의 회사 동료들로 구성된 현대자동차 자원봉사센터와 함께 동구 노인 요양원을 방문하여 어르신 목욕과 손·발톱 정리, 병실 청소를 합니다. 이 단체는 봉사 인원이 많지 않아 저도 어르신들의 목욕을 시키기 위해 들어갑니다. 봉사 중에 목욕 봉사가 가장 힘들다 보니 어른들도 잘 들어가지 않으려고 눈치만 보는 것이 사실입니다. 그러나 몇 번 들어가 보니 힘은 들었지만, 저희 할아버지 같은 사람들이 많이 계서 낯설지는 않았습니다. 그리고 힘이 든 만큼 보람도 컸습니다. 6~7명의 봉사자가 20여 명의 어르신들 목욕을 시키고 나면, 2시간 정도 흘러갑니다. 몸은 피곤하지만, 사우나에 들어온 것같이 땀이 나서 개운하기도 합니다.

셋째 주에는 태연재활원의 형, 누나들과 나들이를 하는 시간입니다. 연초에 짜인 1년 계획에 따라 여러 방이 돌아가며 참석하기에 형, 누나들이 가장 좋아하는 프로그램입니다. 목욕 봉사보다는 재미가 있고, 사실 힘도 들지 않는 봉사입니다. 프로그램 내용 중에는 1월에 눈썰매장, 2월에 고래박물관 등 재활원에서는 접하지 못했던 내용이 들어가 있어 저희가 도착할 때면 형, 누나들이 미리 나와 기다리고 있을 정도로 인기 있는 봉사입니다. 또 가끔씩 형, 누나들과 함께 재래시장에 구경을 가기도 하는데, 핫도그, 아이스크림을 사 먹을 때면 시장통이 떠나갈 정도로 좋아하며, 소리를 치고는 합니다.

넷째 주에는 이·미용 봉사를 가는데, 태연재활원에 있는 형들의 머리를 이발시키고, 목욕을 시키는 일입니다. 엄청 힘이 들 것 같지만, 어르신들 목욕시키는 것에 비하면 아무것도 아닐 정도로 쉽습니다. 어르신들은 몸이 불편하여 거의 못 움직이지만, 형들은 정신만 우리와 약간 다를 뿐, 몸에는 큰 문제가 없어서 시키면 시키는 대로 잘 따라합니다. 어머니와 아버지는 이·미용 봉사 활동을 하시기 위해 이·미용 자격증을 취득하셨고, 아버지는 태연재활원 버스 운행을

봉사, 그대에게 향기를 주면 난 꽃이 된다

위해 자동차 대형 면허증도 가지고 있습니다.

그리고 첫 주에는 봉사가 없었는데, 올해 들어 아버지의 봉사 단체에서 덕하 나눔터를 방문하기로 하였습니다. 물론, 2학년이 되어서 봉사가 쉽지 않겠지만, 봉사에 참석한 지 얼마 되지 않는 친구들과 함께 최대한 참석해 보려고 합니다.

저는 지금도 친구들에게 봉사를 함께하자고 권유하고 있습니다. 아직 봉사를 잘 모르는 친구들과 관심이 있는 친구들이 있다면, 꼭 한번 데리고 가서 봉사를 함으로써 느끼는 보람을 가르쳐 주고 싶습니다. 꼭 진학만을 위한 것이 아니라 나 자신이 느끼는 만족감, 그리고 보람 등을 채우고 남을 도와주는 것이 얼마나 아름답고, 보람찬 일인지 알려주고 싶기 때문입니다. 저는 부모님처럼 훌륭한 봉사자가 되어 제 자식에게도 봉사를 가르쳐줄 생각입니다. 매주 봉사 활동을 나가시며 봉사가 인생의 많은 부분을 차지하게 되었다고 말씀하시는 부모님을 보면 뿌듯한 마음이 저에게도 전달되는 것 같아 정말 기분이 좋습니다. 앞으로도 우리 가족의 봉사는 영원히 이어질 것입니다.

가족과 함께한 지체 장애인 여름 캠프

　울산광역시 지체장애인협회와 지체장애인후원회가 주관하는 하계 프로그램 가운데 하나인 지체 장애인 여름 캠프가 2박 3일간의 일정으로, 주전 군부대 막사에서 열렸다. 매년 시행하는 이 행사에 우리 가족은 꾸준히 참여하고 있었다. 이번 캠프를 위해 이틀간 아내와 나, 아들 그리고 자원봉사자 등이 하루 12시간 이상 밤늦도록 행사를 준비하였다. 많은 인원이 참여하는 큰 행사였기 때문에 사전에 철저하게 준비하는 것이 필수였다. 협회에서 준비 요원으로 참석한 인원은 모두 장애인이었고, 심부름 정도 할 수 있는 수준이었다.

첫날 아침, 군부대에 도착하여 봉사자 6명이 트럭에 쌓여 있는 깔판 300여 장을 내려 화장실, 샤워장, 막사 입구 등 장애인이 휠체어를 타고 자유로이 다닐 수 있도록 바닥에 길을 만드는 작업을 하였다. 무게가 제법 나가는 깔판을 하나씩 내려 땅을 고르며, 높낮이를 조절하였고, 턱이 있어 휠체어가 올라가지 못하는 곳에는 깔판을 직접 제작하여 설치하였다. 이 외에도 군부대 야외 조명등 설치, 내무반 청소 등의 작업을 진행하였다.

땀을 너무 많이 흘린 탓인지, 오후에는 몸을 움직이기조차 힘이 들었다. 우리 가족이야 조금 안쓰러워도 이해하겠지만, 이번 행사와 별 연관이 없는 봉사자들에게는 무어라 말로 표현할 수 없는 미안함을 느꼈다. 하지만 밤을 새워서라도 일을 마무리해야 했기에, 저녁 10시가 되어도 봉사자들을 위로하며 일을 강행할 수밖에 없었다.

그렇게 시간이 흘러 어느새 모든 행사 준비를 마무리 하였다. 장비를 거두고 주위를 정리하는 사이 조명등에 환한 불이 하나씩 들어왔다. 힘들었던 이틀간의 공사가 성공리에 마무리되는 순간이었다. 바로 다음 날부터 장애인을 맞이하여 2박 3일간의 바다 체험이 시작될 예정이었다. 25일이 휴무일이라 우리 가족은 하루 정도 더 참가할 수 있는 시간적 여유가 있었다. 그래서 다음 날, 아침 일찍 일어나 행사장으로 출발하였다. 이른 시간이었지만, 일찍 도착한 장애인들을 군인들이 막사로 이동시키고 있었고, 입소식을 위한 준비를 하느라 분

주하였다. 400여 명의 장애인과 가족들이 참여한 행사에는 30여 명의 군인 장병이 2박 3일간 봉사 도우미로 참여하였다. 그리고 중·고등학생 자원봉사자와 일반봉사자 40여 명이 참가하여 어느 때보다도 더 알차고 다채로운 행사로 진행되었다. 행사에는 선천적인 장애보다는 교통사고로 인한 후천적 장애가 있는 회원이 대부분이었는데, 경제적인 어려움뿐만 아니라 이러한 행사가 아니면 나들이 자체가 불가능한 분들이었다. 행사에 참여하였던 26세의 한 장애인의 말이 생각이 난다.

봉사, 그대에게 향기를 주면 난 꽃이 된다

"늘 소외되어 부정적인 생각을 많이 해왔다. 그런데 이 행사로 인해 사고 후 처음 바다에 몸을 담글 수 있어 그런 생각들을 잠시나마 잊게 되었다. 평생 잊지 못할 추억으로 간직하고 싶다. 정말 감사하다."

얼마나 간절한 표현인가. 또 얼마나 하고 싶었던 일이었던가. 파도가 심해 오랜 시간 물속에 있지는 못하였다. 하지만 또래의 군인들과 노래를 부르며, 마음속에 있는 이야기를 주고받으며, 오랜만에 웃어보이는 그들의 모습에는 행복함이 묻어있었다. 그때 그들의 순수하고 아름다운 눈빛은 정말 잊지 못할 장면으로 내 가슴속에 남아 있다.

내년에는 진하해수욕장에서 장애인을 위한 상설 여름 캠프를 운영할 예정이라고 하였다. 그렇게 내년에도 꼭 참석하여 많은 장애인들과 함께하자는 협회 회원들의 이야기를 뒤로하고, 출근을 위해 늦은 밤에 우리 가족은 울산으로 돌아왔다. 나보다 어려운 사람들을 만나 함께하다 보면 정겹고, 친구 같고, 항상 도움을 드리고 싶은 마음이 앞선다. 비록 내가 그들을 위해서 할 수 있는 일은 그저 들어주고 마음을 함께하며 공감하는 것뿐이지만, 그들과 공감하는 행동 역시 반드시 필요하다고 생각한다. 누구나 당장 장애인이 될 수 있다. 안전이라는 단어가 바로 행복과 일치한다는 사실을 늘 잊지 않았으면 한다.

우리 가족과 함께한 태연재활원 원생의 1박 2일

태연재활원에 있는 200여 명의 친구 가운데는 가족이 없는 친구가 삼분의 일정도 있다. 어릴 때부터 지켜봐 온 친구들이라 많이 알고 있는 편이다. 수많은 봉사자가 방문하고, 매주 다른 사람과 함께 해야 한다는 것이 어린 마음에 많은 상처를 주었다. 사람의 마음은 누구나 똑같다. 단지 표현을 못 할 뿐이고, 하지 않을 뿐이다.

청소년기일 때는 이러한 환경이 얼마나 견디기 힘들고, 고통스러웠을까? 또 부모를 원망하고, 사회를 원망하며 내팽개쳐진 정체성의 혼란 때문에 얼마나 힘들었을까? 아마 자라면서 현실을 받아들이고,

봉사, 그대에게 향기를 주면 난 꽃이 된다

더 상처받지 않으려 자신만의 방식을 만들 것이다. 시간에 의해 적응은 하겠지만, 변하지 않은 부모에 대한 기다림, 향수는 어찌할 수 없는 안타까움이 될 수밖에 없을 것이다. 세상 누구도 인간이라면 모두 똑같다. 잘못된 우리의 판단이 그들을 더 중증 장애인으로 만들어 가두어 버리는 것은 아닐까? 그들도 우리와 똑같다. 그냥 한 인간으로, 한 인격의 개체로 보면 된다. 오랫동안 그들을 만나온 나의 경험상, 그들 역시 우리와 다를 것이 없다는 걸 느꼈다. 청소년 심리를 전공한 학자는 아니지만, 오랜 세월 지켜본 바로는 나와 아들과 아내가 생각하는 것과 살아가는 것 등 다를 것이 하나도 없었다.

태연재활원 친구들 중에는 정말 명랑한 친구들이 많다. 자기표현을 언제, 어디서든지 아주 완벽하게 표현한다. 우리는 부끄러워서 못하지만, 그들은 그렇지 않다. 장기 자랑을 하면 시간 가는 줄 모르고 들어가지도 않는다. 또 태연재활원에는 다양한 친구들이 많다. 가을에 재활원에 와서 '가을'이란 이름을 갖게 된 친구도 있고, 농소에서 발견되어서 '농소'란 이름을 갖게 된 친구도 있다. 물론 그냥 몸이 불편하고, 환경이 맞지 않아 이곳으로 온 친구들도 있다. 다만 봉사자도, 친구들도, 재활원에 적응하는 데 많은 시간이 걸린다. 나도 10년이 넘어서야 적응할 수 있었다. 넝쿨한우리봉사회 회원은 친구들의 이름을 거의 다 기억할 정도로 오랜 시간을 함께 보냈다. 그래서 태

연재활원 친구들에 대한 애정이 남다르다. 한번은 가족에게 오래전
부터 가지고 있던 생각을 이야기하였다.

"알다시피 집에 자주 갈 수 없는 친구들이 있잖아. 그 친구들을 집
으로 초대해서 하룻밤 재우고, 맛있는 음식을 사 먹이면 어떨까?"

잠시 침묵의 시간이 흐르고 아내가 말을 한다.

"당신이 생각했다면 그렇게 하시죠."

듣고 있던 초등학교 3학년인 아들은 엄마 속도 모르고, 개구쟁이
처럼 웃으며 말을 하였다.

"형들하고 컴퓨터 게임하고 놀아야지."

사실 통보하듯이 던진 말이나 다름없는 모양새였는데, 오랜 세월
을 함께 태연재활원 친구들을 보아 왔기에 이심전심의 마음이 통한
것 같다. 아내와 아들에게 고맙다는 말을 하고 일어섰다.

◆ **첫 번째 친구가 찾아왔다!**

봉사, 그대에게 향기를 주면 난 꽃이 된다

우리 가족은 가족이 없거나 있어도 형편이 어려워 자주 찾아오지 못하는 친구를 추천받아 우리 집에서 1박을 하는 계획을 세웠다.

2005년 2월 26일 토요일 아침 9시, 계획을 실천하는 첫날이 찾아왔다. A라는 친구를 데리러 가기 위해 우리 가족 모두가 나서 아침 일찍 출발하였다. 그렇게 설레이는 마음으로 도착한 태연재활원에서 우리 가족은 A친구를 만났다. 이후, 선생님께 일정표를 제출하고, 친구의 생활 습관, 건강에 대한 설명을 들었다.

정자에서 울산으로 넘어오는 옛길에 호빵을 판매하는 곳이 있다. 호빵 가게를 본 친구는 바로 차를 세우라며, 몸짓을 한다. 차를 세워 찐빵 5천 원치를 구매하였다. 친구에게 찐빵을 건네주니 정말 좋아하며, 맛있게 먹는다. 그런 모습을 보고 있으니 뿌듯하면서도, 마음 한 구석이 아려왔다.

집에 도착한 뒤, 먼저 집 앞 블루클럽에서 요즘 유행하는 머리로 이발을 하였다. 기분이 좋은지 이발사에게 온갖 몸짓으로 자기표현을 한다.

"감사합니다."

표현을 다 알아듣지 못하는 이발사는 꾸벅하는 모양을 보며, 자신만의 표현으로 화답을 해주었다. 그리고 집으로 돌아와 점심을 먹었다.

"빨리빨리"

벌써 게임을 하자고 아들의 손목을 끌고 컴퓨터 앞으로 간다. 당시 아이들이 했던 'X-BOX 게임'을 온몸을 동원하여 설명하고 알려주며, 2시간을 즐겼다.

"이제 끝! 내일 또 합시다."

아내의 말에 웃음을 지으며, 아들 재근의 팔을 끌고 소파로 가서 앉는다. 이 친구는 재활원에서 순한 원생 중 한 명이라 소통 역시 꽤 잘되는 편이었다.

오후에는 울산 동천체육관에서 울산 모비스와 안양 SBS팀 간의 농구 경기를 보러 갈 예정이었다. 물론 미리 예매를 해 놓은 상태였기에, 잠시 짧은 휴식을 취하고 우리는 농구 경기가 열리는 동천체육관으로 향했다. 경기 시작 30분 전이지만, 많은 관중들이 들어와 실내는 혼란스러웠다. 혹시 모를 상황을 대비해 미리 아들에게 A친구의 손을 꼭 잡고 다니라고 교육을 해놓은 상태였다. 경기장 계단이 가팔라서 안전사고의 위험도 있고, 화장실에 가서 놓쳐버리면 무슨

봉사, 그대에게 향기를 주면 난 꽃이 된다

일이 일어날지 모르기에 정말 조심해야 하기 때문이다. 구단에서 나
누어 주는 풍선 봉을 양손에 들고 치어리더의 몸동작을 온몸으로 따
라 해보지만, 잘되지 않는다.

"울산 모비스 피버스!"

마이크 소리가 나면 아들의 팔을 잡고 같이 하자며 봉을 두드린다.
옆에서 경기를 보고 있는 분에게는 아내가 미리 양해를 구하였다.

"아! 걱정하지 마시고 편하게 즐기셔도 됩니다."

오히려 미안해하는 그분에게 감사의 인사를 건넸다. 옆에 함께 온
아이도 A친구와 아들의 모습을 흉내 내며, 분위기를 올린다. 가지고
온 과자도 형들에게 주면서 금세 친근해진다.

A친구는 이미 농구장에 한 번 정도 와봐서 대충 분위기 파악은 하
고 있는 상태였다. 매점의 위치를 가르쳐 주지 않아도 귀신같이 알아
낸다. 우리 아이와 다를 게 하나도 없음을 다시 한번 느꼈다. 2쿼터 경
기가 끝나고 나면 어김없이 매점으로 가자고 눈치를 준다. 당연히 가
야 하는 코스이다. 환타에 쫀드기 하나면 더는 욕심도 없다. 아들 재
근과 함께 온 덕분에 할 일을 많이 덜었다. 그래서 나와 아내는 우리

만의 망중한을 즐겼다. 누가 이기는지 결과는 중요하지 않다. 그냥 나와서 노는 것이 즐겁고, 일상 탈출의 해방감의 표현이라 말하고 싶다.

저녁 메뉴로 삼겹살을 먹기로 하고, 장을 보러 마트에 갔다. 마침 A친구의 겨울 패딩이 오래되어 하나 새로 사주었더니 정말 좋아하며, 고마워했다. 집으로 돌아온 뒤, 아들과 A친구에게 방 청소를 같이 하라고 시키고 삼겹살을 구웠다. 냄새가 좋았는지 한 점 달라며, 빗자루를 들고 달려온다. 신나는 삼겹살 파티가 끝나고 아들과 친구는 피곤한지 하품을 하기 시작하였다. 시계를 보니 저녁 8시가 지나간다. 설거지를 끝내고 아이는 방에 들어가 자기 일을 하고, 우리는 거실에 잠자리를 펴며 하루를 마감한다.

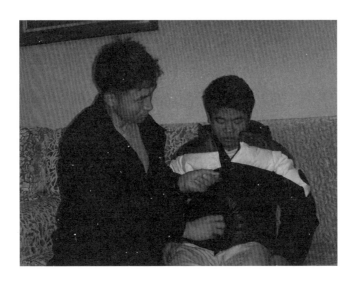

봉사, 그대에게 향기를 주면 난 꽃이 된다

"형아, 오늘 수고했어요."

아들의 말에 특유의 동작으로 아들을 끌어안으며, 자기만의 방식으로 표현한다. 나는 A친구의 옆자리에서 자면서 화장실을 알려주고, 뒤처리를 도와주었다. 소변을 옷에 묻히고, 대변 시 뒤처리가 조금 부족한 것 외에는 잘 먹고 잘 놀기만 한다. 다른 어떤 가정과도 다르지 않고, 우리 가족의 평범한 하루와도 다르지 않다. 오랜 시간 함께했고 친근감이 있는 만남의 연속이다 보니 특별하지 않다.

| 둘째 날 |

어제 둘 다 피곤했는지 아침 8시가 넘어서야 일어날 시늉을 하였다. 준비한 아침밥을 먹고 집 앞에 있는 백화점을 방문하기로 하고 집을 나섰다. 백화점에서는 조용하게 눈치를 보며, 쇼핑을 한다. 그런 모습을 보니 마냥 귀엽기만 하다. 에스컬레이터를 타고 10층까지 왔다 갔다 하더니 곧 재미가 없었는지, 내 팔을 붙잡고 말을 건다.

"가자! 집에 가자."

지하 식품관으로 이동하여 간단한 간식을 먹고, 롯데리아로 이동하였다. 햄버거와 음료를 마시며, 뭐가 그리 신기한지 아들과 온몸으로 대화를 한다. 둘이 뭐라고 하는지 나는 잘 모르겠지만, 둘은 무언의 대화를 통해 깔깔 웃으며 소통한다. 그렇게 우리 집의 첫 번째 손님인 A친구 와의 시간이 끝이 났다.

◆ 두 번째 친구가 찾아왔다!

열흘 만에 우리 집에 두 번째 손님인 B친구가 찾아왔다. 이번에 함께하는 친구는 울산시 장애인 탁구 대표 중의 한 명이다. 키는 160cm 정도밖에 되지 않지만, 힘도 좋고 배드민턴도 잘하는 만능 스포츠맨이다. 힘이 얼마나 좋은지 한 번씩 나를 아기처럼 들었다 놨다 하며, 정신을 쏙 빼놓는다. 그래서 우리 봉사자들 사이에서 경계 대상인 친구이다. 무작정 한 번씩 들었다 놓아버리니까.

다행히 울산에 그 친구의 아버지와 동생이 살고 있어 집에는 자주 왕래했었는데, 한동안 집에 가지 못했는지 나만 보면 집에 가고 싶다며, 휴대폰 속에 있는 자신의 아버지 오토바이 사진도 보여준다. B친구는 자신의 생각을 뚜렷하게 잘 표현하는 친구다. 오늘은 전보다 조금 늦게 집을 나서, 돌아오자마자 이발부터 하고 식사 후 바로 농구장으로 이동하였다. 열흘 만에 나온 이유도 농구 경기가 거의 마지막 시즌이라 일부러 시간을 맞춘 것이다.

사실 B친구는 가만 놔두어도 스스로 앞가림을 잘하는 친구다. 음식도 가리지 않고 잘 먹으며, 그렇다고 허겁지겁 먹지도 않는다. 또

봉사, 그대에게 향기를 주면 난 꽃이 된다

농구장에서는 치어리더에게 다가가 손을 내밀며, 율동도 따라 할 정도의 멋진 친구이며, 하프 타임 때 팬서비스로 던지는 공을 받지 못하자 직접 가서 공을 가져올 정도로 활기찬 친구이다.

농구 경기를 마치고 밖에서 저녁을 먹는데 눈발이 날리기 시작하였다. 밤새 내린 눈으로 인해 울산 지역에 100년 만의 최고 폭설이 왔다는 뉴스가 나온다. 기록적인 폭설 덕분에 다음 날 아침 일찍부터 눈사람도 만들고, 아파트 아이들과 눈싸움을 하며, 의미 있는 추억을 만들었다. 그리고 롯데백화점에 들러 자폐아를 주제로 다룬 영화, '말아톤'을 함께 보고 탁구장에 가서 탁구도 치며, 눈 오는 일요일에 많은 추억을 만들었다.

B친구를 태연재활원에 데려다주고 돌아서는데, B친구가 옷소매를 꼭 붙잡으며 말을 한다.

"아저씨 잘 가요. 고마워요."

피식 웃는 잇몸이 오늘따라 유난히 더 커 보인다. 다시 함께 오지 못할 추억을 상기하며, 재활원에 복귀를 시키고 우리 가족은 돌아왔다. 그날 저녁, 아들을 안고 곤히 잠든 아내의 모습이 천사의 모습처럼 느껴졌다. 뜻깊은 두 번째 체험이었다. 정말 감사한 마음에 눈물이 났다. 가족이 있기에 가능한 일이다. 그렇게 일요일 오후가 저물어 갔다.

◆ 세 번째, 네 번째 친구들이 찾아왔다!

이번에는 두 명의 친구와 함께 우리 집에서 하룻밤을 보내기로 계획하고, 태연재활원에 가서 C친구와 D친구를 태워 집으로 돌아왔다. 오늘은 이발도 하고, 무스도 발랐다. C친구는 머리가 마음에 들었는지, 주먹을 불끈 쥐며 노래를 부른다.

"바람처럼 스쳐 가는 정열과 낭만아, 아직도 네겐 거친 꿈이 있어, 세상 속에 남았지."

김두한의 '야인시대'를 얼마나 많이 봤는지, 만날 때마다 드라마 OST를 부른다. 그리고 발차기 흉내를 내며 폼을 잡는다. 우리는 이 모습을 10년째 봐와서 큰 흥미를 느끼지 못하지만, 그래도 손뼉을 치며 호응을 해주었다. 반면, D친구는 말수가 적어 그냥 웃음을 보이며 머리를 매만진다. 이 친구들이 아무 때나 어디에서도 분위기를 의식하지 않고 행동해도 우리 가족은 모두가 이해해준다.

우리는 여느 때처럼 점심 식사 후 게임을 하고, 이번에는 아들의 학교에서 축구를 함께 하기로 하였다. 학교에 도착하니 아들 친구들

봉사, 그대에게 향기를 주면 난 꽃이 된다

역시 미리 도착해 있었다. 곧바로 형들과 편을 나누고, 축구 경기를 시작한다. C친구는 덩치도 있고, 몸이 빨라 아들 친구들을 밀치고 다니며, 몇 골을 넣을 정도로 종횡무진 활약하였다. 잘 차서라기보다는 어쩌다 보니 골이 들어갔다고 보는 게 맞을 것이다. D친구는 숨을 몰아쉬며, 열심히 뛰는 친구 옆에서 새색시처럼 웃어 보인다. 그리고는 공을 피해 어린아이들과 장난감 놀이를 한다. 그냥 동생들과 노는 것이 좋은 것이지, 공놀이에는 별 관심이 없다. 그래도 마냥 좋은지 그만하자고 해도 듣는 둥 마는 둥 한 시간 반이 흘렀다. 온몸에 땀이 범벅이다. 벌써 저녁 시간이 다가온다. 아내가 준비한 잡채와 된장찌개, 소고기 장조림을 든든하게 먹고, 찜질방 체험을 하기 위해 나설 채비를 한다. 오늘 하루는 찜질방에서 보낼 계획이다.

저녁 8시, 음료와 간식을 챙겨 집에서 멀지 않은 찜질방으로 출발하였다. 친구들은 생전 처음 보는 낯선 모습들이 신기한 지, 한참 동안 분위기를 파악한다. 그렇게 30분이 지나고, 아들을 포함해서 3명의 아이들은 찜질방 이곳저곳을 돌아다니며, 여러 방을 체험한다. 아들 재근이가 선두에 서고, 둘은 개선장군 마냥 다른 사람을 의식하지 않고 돌아다닌다. 아들은 형들을 따라다니며, 조심하라고 손짓을 한다. 아들 나름대로 형들을 보살핀다고 고생하고 있다. 밤 9시쯤 손님들이 많이 빠지고, 찜질방 전체 분위기는 아주 조용해졌다. 준비한 음료와 달걀을 나누어 먹으며, 찜질방에서 잠을 청하였다.

더 많은 친구들과 가족 체험을 하지는 못했지만, 우리와 함께한 친구들의 마음속에 따뜻하고 행복했던 기억으로, 그리고 아름다운 추억으로 남기를 기원한다.

아들 재근에게

　마음씨 착하고 남을 먼저 생각하는 재근이를 보면, 아버지는 우리 가족 모두가 함께 봉사 활동을 시작한 것을 아주 자랑스럽게 생각한단다. 엄마, 아버지는 네가 태어나기 전부터 봉사를 시작했어. 너는 어려서 기억을 못 하겠지만, 너 역시 14년이라는 세월을 우리와 함께 활동했지. 봉사 활동을 하며 자라온 너이기에 항상 남을 먼저 생각하고, 양보하는 마음을 배운 것 같아 아버지는 네가 매우 자랑스럽단다.

　재근아, 아버지가 지금까지 살아보면서 느낀 것 중에서 네가 꼭 알았으면 하는 것이 하나 있단다. 바로 남을 위하고 남을 배려하며 살아가다 보면, 주위에는 항상 좋은 사람들로 가득할 것이고, 너도 언젠가는 그 사람들의 도움을 받는 멋진 인생을 보내게 된다는 거야. 이 말 꼭 명심하기를 바란다. 아무리 공부를 잘하고, 일류 대학을 나와서 좋은 직장에 취직한다고 하더라도, 자신만 생각하고 남을 배려하지 못하는 사람이 어떻게 리더를 하고, 원만하게 사회생활을 할 수 있겠니. 그러니 조금 힘들고 귀찮더라도 더불어 살아가는 모습을 배우고, 멀리 바라보는 안목을 가지길 바라. 그렇게만 한다면 재근이는 어떠한 사람보다도 성공한 사람이라고 아버지는 생각해. 그리고 재근이는 공부도 잘하고 있고, 긍정적이고 적극적인 사고를 하는 것에 대해 엄마, 아버지는 항상 고맙게 생각한단다. 그 마음 끝까지 이어가길 바라며, 친구들에게도 영원히 기억될 수 있는 좋은 친구가 되어주길 바라.

요즘 엄마의 건강이 좋지 않은 것은 너도 잘 알고 있지? 그런데 엄마가 너와의 의견 충돌로 매우 힘들어 하서. 너의 상황도 이해하지만, 아픈 엄마의 입장도 조금만 더 생각한다면, 우리 가족이 지금보다 더 행복하고 재미있게 살아갈 수 있지 않을까? 엄마, 아버지는 너와 함께할 수 있는 시간이 그렇게 많지 않다는 사실을 늘 생각하고 있단다. 그렇기에 더 많은 관심을 가지려고 하다 보니 재근이 너의 의견과 대립하는 경우가 생기는 것 같구나. 그 부분은 아버지가 조금 더 노력하도록 할게.

아버지는 재근이 생각만 하면 너무 기분이 좋아. 아름다운 삶을 살아가는 동반자가 있다는 것과 단조로운 삶보다는 남을 생각하며, 살아가는 우리 가족이 있기에 삶이 즐겁고 아름답다고 느껴진단다. 지난주 이·미용 봉사를 갔을 때 선생님이 변○○ 형이 가족을 너무나 그리워해서 외로워한다며, 우리 집에서 가끔 지낼 수 있도록 했으면 좋겠다는 이야기 들었지? 가족회의를 통해서 긍정적이고 좋은 방향으로 결론이 났으면 좋겠어. 그러면 변○○ 형이 얼마나 기분 좋아하겠어. 그 모습이 아버지는 너무 기대되는 구나.

지난번에 재근이의 기타 합주하는 모습을 엄마, 아버지가 처음 보았는데, 너무 대견스럽고 자랑스러웠단다. 9월 초에 있을 연주회가 성공적으로 끝날 수 있도록 엄마, 아버지가 지원해줄게. 비록 처음 배우기로 한 통기타는 아니지만, 친구들과 그룹을 만들어 연주할 수 있다는 그 마음이 너무 멋졌어. 틈틈이 통기타도 배워서 친구들과 동아리 활동도 하고, 사회에 나와서 두루두루 활용할 수 있도록 했으면 좋겠구나. 어릴 때 제대로 배워두면, 평생을 유용하게 쓸 수 있단다. 이제 재근이도 곧 3학년이 되겠구나. 조금 더 공부에 집중하길 바라며, 가을에는 가족여행을 한 번 떠나도록 하자꾸나. 그리고 겨울에는 이번 여름 방학 때 함께 가지 못했던 친구들과의 서울 여행 아버지가 꼭 시켜주도록 할게. 친구들과 아버지와 머리를 맞대고 멋진 계획을 세워 최고의 여행을 만들어 보자.

지긋지긋했던 무더운 여름이 지나고, 제법 서늘한 기운이 드는 가을이 시작되는구나. 늘 건강하고 슬기롭게 보내길 바라며, 항상 남을 먼저 생각하는 착하고 아름다운 아들이 되었으면 좋겠어. 우리 멋지게 인생을 살아가자.

-너를 사랑하는 아버지가

봉사, 그대에게 향기를 주면 난 꽃이 된다

하늘에 계신 아버지에게

인생이 허무하고 힘들다는 것을 아버지가 돌아가시고, 재근이가 커가면서 절실하게 느끼고 있습니다. 칠십 평생을 뼈가 부서지게 고생만 하시고, 돈 한 번 풍족하게 벌어보지도, 써보지도 못하고 생을 마감하신 아버지를 생각하면, 가슴이 미어지도록 슬펐고 세상이 너무나도 원망스러웠습니다. 결국은 배우지 못한 현실이 아버지를 힘들게 하였고, 가난이라는 무거운 짐을 짊어진 채, 한 많은 생을 마감하게 하였습니다.

6.25 전쟁에 참여하여 6년간의 군 생활로 몸은 만신창이가 되어 전

역하셨지만, 부상 근거가 없어 보상조차 받지 못하였습니다. 정상이 아닌 몸으로 살아가면서, 약주 한잔하실 때마다 죽어가던 동료들 이야기를 하며, 눈물을 흘리던 모습이 기억에 많이 남아 있습니다.

가지고 있는 재산도 없고, 배운 것이 없으니 아버지가 시작한 일은 정미소 노동이었습니다. 아침 일찍 일을 나가시다 보니 점심은 항상 저희 형제들이 가져갔는데, 정미소가 초등학교 바로 앞에 있었기에 도시락 배달을 하면서 우리 형제는 아버지가 일하는 모습을 많이 보았습니다. 뽀얀 먼지를 뒤집어쓰며, 무거운 나락 가마니를 종일 어깨에 메고 30년이라는 세월을 보내신 아버지…. 그때의 기억이 제 가슴속에 찢어지는 아픔의 기억으로 남아있습니다.

참전으로 인한 스트레스로 예순이 넘어 아버지는 병원을 자주 찾으셨고, 그 과정에서 위암 수술까지 받으며, 힘겹게 10여 년을 보내시다 3년 전, 국립묘지에 안장되었습니다. 가족회의를 거쳐 아버지를 집 앞산에 모시려다가 장래를 생각하여 영천 국립묘지로 모셨습니다. 먼 훗날을 생각하여 결정한 내용이니, 아버지의 유언에 따라 앞산에 모시지 못한 것에 대해 이해해주시면 고맙겠습니다.

동네 행사가 있을 때마다 선두에서 꽹과리를 치셨고, 마을의 궂은 일은 도맡아 하셨기에 법 없이도 살 수 있는 호인이라는 이야기를 자식들은 많이 들었습니다. 정미소 일을 마치고, 약주 한잔에 취해 자전거를 끌고 들어오시며 노래를 부르던 아버지. 뽀얀 먼지를 뒤집어

봉사, 그대에게 향기를 주면 난 꽃이 된다

쓰고, 노래를 부르며, 눈물을 흘리시던 아버지.

"타향살이 몇 해던가 손꼽아 헤어보니 고향 떠나 십여 년에"

어린 마음에 아무것도 해드릴 수 없었던 저의 마음은 늘 괴롭고, 안타까웠습니다. 열심히 살았지만, 항상 가난하셨던 아버지를 저는 더 존경했고 따랐습니다. 너무나 말씀이 없으셨고, 남에게 욕 한마디 할 줄 모르는 분이셨던 아버지. 배려와 양보를 미덕으로 사셨던 모습을 닮아 제가 봉사를 하는 것 같습니다. 175cm의 작지 않은 체구였지만, 동네 형님들에게 구타를 당하고 들어오시는 모습을 몇 번 보았습니다. 아버지가 장애인도 아니고, 힘이 모자라는 것도 아닌데, 아버지께서는 그냥 참으셨던 겁니다.

"아버지, 우리 형제들이 못된 가정에서 자랐다면 무슨 일이라도 일어났을 겁니다."

그 정도로 자존심을 짓밟는 행동에도 자식들은 참았습니다. 또 아버지의 삼촌, 형제들에게도 빌려주지 않은 돈을 5촌 조카에게 빌려주신 것을 보고 원망도 많이 하였습니다. 아버지의 선행의 끝은 어디인가요. 어머니 역시 늘 아버지와 비슷한 말씀을 하곤 하셨습니다.

"얼마나 어려웠으면 너희 아버지에게 부탁을 했겠느냐. 받을 생각 하지 말아라."

아버지, 정말 우리 가족은 아직까지 그 누구도 돈을 갚으라고 이야 기하지 않고 있습니다. 잘하셨습니다. 500만 원 있어도 살고, 없어도 사는데, 조카에게는 많은 도움이 되었으니 그것으로 위안을 삼으셨 으면 합니다. 그런 아버지가 계셨기에 저도 배려하는 삶을 살아가고 있습니다. 7~8년 전, 봉사 활동을 위해 이용 자격증을 취득하고, 아버 지의 머리를 몇 번 깎아드린 기억이 많이 납니다. 기억나시나요? 초 보라 아버지 머리를 제대로 손질하지 못해 이리 깎고 저리 깎다가 핀 잔도 많이 들었지만, 그때가 제 인생에 있어 아버지와 함께한 가장 행 복한 순간이 아니었나 생각합니다. 그리고 아버지에게 보고 배운 덕 분에 상도 받을 만한 상은 많이 받았습니다. 아버지에게 누가 되지 않는 삶을 살 것입니다. 그저 아버지만 생각하면, 눈물이 나고, 아버 지 지갑에 더 많은 용돈을 채워드리지 못한 것이 한으로 남습니다. 어머니께 자주 찾아뵙고, 잘하겠습니다.

아버지, 집사람도 미용 자격증을 취득하였습니다. 그래서 5년 전 부터 이발 봉사 모임을 만들어 한 달에 한 번 우리 가족 모두가 봉사 활동을 하며, 의미 있는 나날을 보내고 있습니다. 저희 부부는 15년 동안 보름에 한 번씩 아버지의 약을 지어드리며, 많은 애정과 사랑으로 보살펴 드렸는데, 돌아가시고 난 후에는 아버지가 꿈에 나타나지 않으시네요. 사실 아버지가 편찮으시기 시작할 즈음부터 돌아가실 때까지 꿈에 아버지의 장례식 모습이 자주 나와 잠을 제대로 못 잔 것이 한두 번이 아닙니다. 그래서 새벽에 전화를 많이 했던 기억이 납니다. 그런데 이제는 아버지의 모습이 꿈에 나타나지 않아서 조금 섭섭하기도 합니다. 지난번에 작은 어머니를 만났습니다.

"너희 아버지는 도포에 관을 쓰고 좋은 곳에 계셨단다."

작은 어머니의 말씀처럼 좋은 곳에 가서서 편안히 계시기에 그럴 것으로 생각합니다. 어머니와 아버지의 성실함, 그리고 저의 타고난 봉사 정신을 더하여 우리 가족 모두가 열심히 살아가고 있습니다. 아버지가 겪은 생전의 고통과 가난을 대물림해주지 않기 위해서라도 더욱 열심히 살아가도록 하겠습니다.

아버지와 함께한 40년 세월, 그때의 현실이 너무나 안타까울 뿐입니다. 조금 더 성숙하고, 조금 더 아버지를 생각했더라면, 아버지와 깊이 있는 이야기도 많이 나누었을 것입니다.

저는 아마도 남에게 베푸는 것이 타고난 것 같습니다. 초등학교 4

학년 때, 가방에 전기 소켓 박스와 붕대, 핀셋 등을 가지고 다니며, 친구들이 다치면 치료하던 거 기억하시겠죠? 어릴 때도 저는 별 말썽 없이 자랐듯이 지금도 열심히 가족과 같이 봉사 활동을 하며, 가치 있는 인생을 만들어가고 있습니다.

저희 5형제는 많은 재산을 모으지는 못했지만, 끈끈한 우애를 지키며 잘살고 있으니 걱정하지마세요. 이 세상의 걱정, 멍에를 다 버리시고, 그곳에서 편히 계시기 바랍니다. 언제가 될지는 모르지만 아버지와 어머니, 그리고 우리 가족이 저세상에서 다시 만나는 날이 오겠죠. 그때까지 더욱더 열심히 봉사 활동하여 자랑스러운 아들, 훌륭한 아들이 되어 아버지를 찾아뵐게요. 그리고 아버지, 작년에 큰누나가 횟집을 개업하여 장사를 시작하였습니다. 아버지가 꿈에 나타나면 장사가 아주 잘 된다고 누나가 말하네요. 더 많이 도와주시고, 우리 가족 모두 건강하게 생활할 수 있도록 하늘나라에서 많은 도움을 주셨으면 합니다. 이 글을 쓰고 있는 지금 너무나 행복합니다. 자랑스러운 우리 아버지, 사랑합니다.

-둘째 아들 현섭 드림

봉사, 그대에게 향기를 주면 난 꽃이 된다

부모의 역할과 의무

고등학교 1학년인 아들이 하나 있다. 나의 유년 시절은 너무나도 어려웠고, 가난하게 자라다 보니 가난은 나에게 언제나 큰 슬픔이었다. 그리고 그때의 기억이 힘든 기억으로 남아, 가난을 대물림하고 싶지 않다는 생각에 하나만 낳아서 잘 키우기로 마음을 먹었다. 가난의 대물림도 죄라고 했다. 예전 어른의 세대에는 아무리 시대가 어렵다고 하더라도 낳기만 하면 알아서 자기 밥그릇은 챙긴다고들 이야기 하였다. 하지만 지금은 그렇지 않은 것 같다. 또 우리에게는 물려줄 재산도, 공부를 많이 시킬 돈도 없었다. 그래서 하나뿐인 자식을 위해 큰 노력을 기울여 제대로 키워보기로 했고, 우리는 열심히 노력하고 있다.

아들이 어렸을 때부터 장애인과 함께하며, 자연스럽게 어울릴 수 있도록 하였다. 그리고 이러한 봉사를 통해 꾸준히 대화하고 있으며, 친구들과 좋은 유대관계를 맺기 위해서도 의견 교환을 많이 하고 있다. 얼마 전, 학교에서 조사하는 설문 내용을 우연히 보게 되었다.

"지금 우리 가족의 모습이 너무 보기 좋고, 행복하다."

이 글을 읽고 정말 행복하였다. 가족의 소중함을 아들이 인정해주고 있다는 사실을 확인할 수 있었기 때문이다. 또 봉사하는 삶이 아들에게 좋은 본보기가 된 것 같아서 뿌듯하였다.

우리 집에는 항상 아이의 친구들이 많이 온다. 그래서 같이 게임을 하고 짜장면도 시켜 먹고, 봉사 활동도 하며, 자기주장 역시 이야기할 수 있도록 한다. 아이의 친구들을 보면 모두가 밝고 긍정적이며, 건강한 사고를 가지고 있다. 지난해에는 아이의 친구 6명과 우리 부부 등 8명이 승합차를 타고, 서울에 있는 대학교에 탐방을 하러 갔다. 그리고 동대문 시장에 들러 옷도 구입하고 청계천도 구경하고 지하철을 타보기도 하며, 여러 곳을 둘러보았다. 또 중학교 3학년 때는 아

봉사, 그대에게 향기를 주면 난 꽃이 된다

이의 친구들과 강원도 태백산 산행을 하며, 학창 시절 즐거운 추억도 함께 만들었다.

지난 2월 중학교 졸업식 날, 모두가 떠난 교정에서 9명의 친구들은 자리를 떠나지 않고, 사진을 찍으며, 이야기를 나누었다. 그리고 사진관에 들러 단체 사진을 찍었다. 그 사진은 지금 우리 집 거실에 걸려 있다. 우리의 어린 시절과는 너무나 다른 요즘 아이들이지만, 그 모습이 사치스럽지 않고 자연스러워서 좋다. 그 친구들은 서로 학교는 다르지만, 요즘도 주말이면 우리 집에 모여 토론을 하고, 축구를 하는 등 변하지 않는 우정을 나누고 있다.

일부러 집을 개방했다는 표현이 맞을 것 같다. 모두가 우리 집에 오는 것을 좋아하고 반기는 눈치이다. 아이들은 나누어 주고 함께하는 부분이 좋다고 한다. 나는 아들과 친구들에게 가끔 이런저런 이야기를 해준다.

"학교생활도 솔선수범하며 최선을 다하고, 봉사 활동도 열심히 하길 바란다. 봉사 시간도 많으면 많을수록 좋다. 그래야 따뜻한 사회가 되며, 개인적으로도 후회가 없다."

그 덕분인지 시험 기간이 아니면, 한 달에 한두 번은 그 친구들 모두가 봉사를 하고 있다. 사실 부모들이 자녀와 함께할 수 있는 시간은 그리 길지가 않다. 아이가 고등학교에 진학할 시기가 되면, 그때부터 아이와의 이별의 시간을 조금씩 준비하고 있어야 한다. 대학에 가고, 성인이 되면, 자녀들은 자신의 가치관을 가지고 세상으로 날아가야 한다. 할 수 있을 때, 많이 사랑해주자. 시간은 우리를 기다려주지 않는다. 서로 바빠서 자주 얼굴을 대하지 못한다면, 하루에 한 번 정도 문자로 대화하는 등 일상에서 할 수 있는 사소한 것들을 해주자. 그렇게 하면 자녀는 부모의 따뜻한 마음을 느낄 것이며, 부모가 원치 않는 일은 하지 않을 것이다. 사랑은 사소하고, 단순한 것에서 생긴다.

어른은 어른 대로 아이는 아이 대로 바쁜 것이 현대 사회이다. 그렇기에 자녀와 소통하고 가족과 함께한다는 것은 쉽지 않다. 하지만 그것보다 중요한 일은 없다. 그런 소통 없이 세월만 흘려보낸다면, 자식은 어느새 우리의 품속을 떠나 먼발치에서 바라보아야만 하는 상황이 될 수도 있다. 인격 형성 단계인 청소년기에서의 작은 관심과 배려는 아이의 진로를 결정하고, 적성을 살리는 인생의 가장 중요한 시기이다.

학창 시절에 누군가가 인생 이야기를 들려주고, 삶의 방향을 잡아주었다면, 나의 삶은 보다 좋아지지 않았을까? 나에게는 그러지 못한 당시의 여건과 환경이 안타까울 따름이다. 인생을 살아가면서 자식을 위해 많은 부와 명예를 남겨주는 것도 좋지만, 생의 의미를 일깨워주고 올바른 나침반의 역할을 해주는 것이 그 무엇보다도 중요하다. 그것이 어른으로서 지녀야 할 덕목이다.

"부모는 자식의 모델이다."
"칭찬은 코끼리도 춤추게 한다."

모두가 알고 있는 평범한 진리, 그러나 알고 있으면서도 실천하기 어려운 진리를 한 번 더 가슴속에 새기고 실천한다면, 행복한 자녀의 모습을 보게 될 것이다.

·

에
필
로
그

·

"성실과 봉사를 인생의 도구로 삼아, 생의 참 만남과 후회 없는 삶
을 살다 가자."

이와 같은 인생관을 실천하면서 후회 없이 살아왔다. 그렇기에 내
일 죽는다고 해도 미련은 없다. 함께해 준 가족이 있어서 가능하였다.

"조금 쉬어가면서 하세요. 이러다 큰일 나겠어요."

아내가 내게 자주 한 말이다. 수십 년을 들어왔다. 오랜 세월이 흘렀지만, 그 소리는 여전하다. 말없이 따라주고 함께 했던 시간이 있었기에 여기까지 오지 않았을까. 아내는 부유하지는 않았지만, 힘든 일을 하지 않고 성장한 사람이다. 결혼해서 나를 따라다니며 봉사하는 삶을 산다고 고생이 많았다. 고맙고 감사하다. 아들 역시 건강하게 잘 자라 봉사를 이어가고 있다.

"아버지의 봉사를 이어가겠습니다. 아버지 걱정하지 마세요. 저희 친구들도 함께한다고 했습니다."

봉사의 대가 끊어질 위기다. 어느 단체나, 또 누구나 겪는 현실이다. 어떻게 풀어야 할지 답이 보이지 않는다. 오랜 시간 설득하고, 공을 들여도 새로운 사람들이 들어오지 않는다. 젊은 세대들이 채워져야 봉사가 이어질 텐데 정말 걱정이다. 현재 봉사회의 평균 연령대는 50세에 가깝다. 개인이 할 수 있는 범위는 한계가 있다. 큰 것을 바라지 않는다. 기업, 지자체, 정부가 더 적극적으로 나서야 한다. 작지만 현실적인 득을 주어야 한다. 몇 년 후면 봉사가 고사할 위기이다. 마이스터고등학교 학생들과 함께하는 방식으로 조금씩 흡수하고 있다. 기업에서는 직원들이 봉사를 할 수 있는 여건을 만들어줘야 한다. 작지만 봉사하면 자신에게 도움이 된다는 것을 느끼게 해주어야 하는 것이다. 자사 제품을 홍보하는 효과에 봉사와 기부가 많은 작용을 한다. 많은 기업이 사회 공헌에 참여하고 있지만, 미래를 위해 더 봉사에 투자하고 노력하길 바란다.

정부는 공무원 선발 시 봉사에 대한 가산점의 폭을 넓혀서 채용해야 한다. 교사, 공무원, 경찰, 모두가 국민을 대상으로 하는 민원 봉사이다. 봉사를 다양하게 해본 사람들을 채용한다면, 일반인보다 훨씬 효율성이 클 것이다.

세상을 살아가면서 스스로 배은망덕한 사람은 되지 말자고 노력하고 있다. 도움을 주는 만큼 다 해 드릴 수는 없지만, 늘 하나라도 더 챙겨드리기 위해 신경 쓰고 있다.

"봉사하는 사람이 왜 저렇게 행동하지?"

이런 말을 듣고 싶지 않다. 내리고, 버리고, 양보하고, 배려하는 삶을 살고 있다. 살아 보니, 그리고 살다 보니 욕심은 다 부질없었다. 내가 이기는 길은 내가 지는 것이다. 내가 지는 것이 내가 이기는 길임을 봉사를 통해 배웠다. 이 세상 모든 사람이 나의 스승이다. 나쁜 사람에게는 하지 말아야 할 것을, 선한 사람에게는 좋은 것을 내 것으로 만들면 된다. '일체유심조(一切唯心造)'라는 말이 있다. 모든 것이 마음

봉사, 그대에게 향기를 주면 난 꽃이 된다

먹기 나름이라는 의미다. 본인 것만 챙기는 사람 주위에 사람이 있을
리 만무하다. 눈에서 멀어지면 마음에서도 멀어지는 게 순리이다.

새해가 되면 모두가 복을 받으라고만 이야기한다. 복을 주라고 하
는 사람은 아무도 없다. 주는 사람이 있어야 받을 사람도 있는 것이
아닌가. 모두가 자기중심이다. 내가 복을 받고 산다는 것은 조상들이
복을 채워 놓았기 때문에 넘치는 복이 나에게로 오는 것이다. 내 자
식이나 후손이 복을 받으려면, 내가 베풀고 덕을 쌓아야 한다. 종교적
으로 설명하자는 것은 아니다. 세상의 이치를 설명하고 싶은 것이다.
내가 봉사하는 손길이 다른 사람의 봉사로 이어지면, 그 손길이 결국
나의 후손에게 닿는다는 의미이다. 봉사도 하고, 기부도 하며, 복을
쌓길 바란다. 미래의 후손들을 위해 실천하길 간곡히 당부드린다.

20년간 후원해 주시는 윤영석, 황효식, 김창섭, 박태동, 김원연, 김
영일, 김형태, 김세곤, 이윤형 등 고등학교 동문에게 감사를 드린다.
권영은, 조종민, 손민수, 김민철, 이강희 등 넝쿨한우리 회원에게도
고마움을 전한다. 고향 친구인 김헌태 GM 스틸 사장에게도 드리며,
아내의 지인인 이정애, 안정애, 김정심, 이성자, 이현주 씨에게도 감
사드린다. 일일이 거론은 못 하지만 후원해주시는 모든 분에게 건강
과 축복이 함께하길 기원한다.

봉사와 기부는 나를 바꾸고 가정을 바꾼다. 그리고 사회를 변화시키는 힘이 있다. 자원봉사자가 많은 나라는 선진국이다. 국가가 위기에 처했을 때 봉사자들이 없다면, 엄청난 비용과 시간이 소요된다. 정부나 지자체에서는 이들이 나라의 실핏줄임을 공감하고, 지속하도록 힘을 실어 주어야 한다.

봉사를 하게 될 때 처음에는 수동적으로 시작하기도 하지만, 의미를 알고 공감대가 형성되면 지속해서 하게 된다. 나와 내 가족을 위해 경제 활동을 하고 부양하는 것은 인간의 기본적인 의무이다. 하지만 지평을 조금만 더 넓혀 주위를 살피며 봉사와 기부를 해주길 당부드린다.

6년 전부터 기타를 배우고 있다. 음향 장비도 3년 전 구매해 놓았다. 어렵고 힘들게 살아가는 이웃들에게 잠시나마 마음의 위안을 드리고 싶어서다. 그분들의 서럽고 힘든 영혼을 달래줄 것이다.

"감사합니다, 고맙습니다, 덕분입니다."

이 문장들을 제2의 인생관으로 삼고 살고 있다. 봉사를 주제로 강의하고, 낮은 곳을 지향하며, 또 다른 희망을 만들어 갈 것이다.

"다른 사람에게 새해 복 많이 주세요."

2022년 3월

최현섭 전화번호 : 010-2827-2968

봉사하실 분, 후원해주실 분, 연락해주시면 함께 하겠습니다.

저자 소개

1987년, 현대자동차에 입사 후, 지금까지 재직 중이다. 지역 사회의 봉사자로 열심히 살아가고 있으며, 자원봉사의 저변을 위해 갖은 노력을 하고 있다. 여전히 꾸준한 봉사를 이어가며, 지역 사회의 일꾼으로 강의도 하고 있다. 저자의 봉사 누적 시간은 총 1만 6천 시간이다.

▶ 수상 이력 ◀
- 2000년 울산 시장상(총 3회 수상)
- 2011년 현대자동차 사장상
- 2014년 보건복지부 장관상
- 2019년 울산 자원봉사 명예의 전당 선정
- 2020년 울산 북구 자원봉사 대상
- 2020년 국무총리상

▶ 봉사 단체 결성 ◀
- 1990년 03월 봉사 단체 한울타리 창단(현재 회원 30명, 10년간 총무역임), 기부금 2천만 원 지원
- 1992년 03월 봉사 단체 청죽 창단(30명, 7년간 총무역임), 기부금 7천만 원 지원
- 1992년 08월 봉사 단체 넝쿨한우리 창단(100명, 회장 7년 역임), 기부금 5천만 원
- 1996년 10월 현대자동차 자원봉사센터 창단(회원 1,100명, 7년 총무역임, 現회장), 기부금 1억 5천만 원 지원
- 2002년 03월 32장학회 창단(회원 21명, 現회장), 장학금 2천만 원 지원
- 2002년 11월 넝쿨한우리후원회 창단(회원 60명, 現후원 회장), 기부금 1억 5천만 원 지원
- 2002년 11월 이·미용 봉사 단체 바버 샵(BARBER SHOP) 창단(회원 30명, 총무 및 회장 7년 역임), 기부금 2천만 원 지원

봉사, 그대에게 향기를 주면 난 꽃이 된다

▶ 현재 하는 봉사 활동 ◀

- 넝쿨한우리 봉사로 매주 월요일 태화동 다문화 가정 방문(자녀 3명의 멘토링과 반찬 지원)
- 매년 10월 울산광역시 (사)장애인 총연합회와 함께 장애인 체육 대회를 실시(22회)
- 격주 목요일 다운동 저소득층 세대 방문 및 반찬 지원
- 신정동 '나눔과 섬김의 집'을 방문 후, 주방일과 배식 봉사
- 매월 둘째 주 일요일 현대자동차 자원봉사센터와 함께 울산 북구 소재 노인요양원 방문 후, 마이스터고등학교 학생들과 어르신 목욕 봉사
- 넝쿨한우리후원회를 통해 중고생 급식비 지원과 저소득층 대상자들에게 한 해 1,000만 원 지원
- 셋째 주 일요일 넝쿨한우리 버스를 이용하여 태연 재활원 원생의 사회 적응 훈련 시행
- 넝쿨한우리봉사회와 넝쿨한우리후원회를 통해 현재까지 2억 원이 넘는 금액을 불우 이웃에게 전달.
- 넷째 주 이·미용 봉사 단체인 바버 샵에서 이·미용 봉사
- 1년에 몇 차례 태연원생의 재택훈련으로 가정이 없는 원생들에게 가족의 소중함을 함께 할 수 있도록 1박 2일 가족 체험 봉사
- 매월 20회 100시간, 1년 1,200시간 봉사. 점심시간을 이용한 사원들의 이발(2천 원)을 하여 태연재활원과 (사)울산광역시 지체장애인협회와 백혈병 자녀 돕기 등을 하며 봉사
- 매월 어르신 3세대 이발 봉사
- 주5일 삼호동 방범 활동
- 매주 화요일 삼호동 버스정류장 청소 봉사

봉사, 그대에게 향기를 주면 나는 꽃이 된다

2022. 5. 30. 1판 1쇄 인쇄
2022. 6. 10. 1판 1쇄 발행

지은이 | 최현섭
펴낸이 | 최한숙
펴낸곳 | **BM 성안북스**
주소 | 04032 서울시 마포구 양화로 127 첨단빌딩 3층(출판기획 R&D 센터)
       | 10881 경기도 파주시 문발로 112 파주 출판 문화도시(제작 및 물류)
전화 | 02) 3142-0036
      | 031) 950-6300
팩스 | 031) 955-0510
등록 | 1978. 9. 18. 제406-1978-000001호
출판사 홈페이지 | www.cyber.co.kr
ISBN | 978-89-7067-418-6 (03800)
정가 | 15,000원

이 책을 만든 사람들
책임 | 최옥현
진행 | 김상민
교정 · 교열 | 김동환
본문 · 표지 디자인 | 디박스
홍보 | 김계향, 이보람, 유미나, 서세원, 이준영
국제부 | 이선민, 조혜란, 권수경
마케팅 | 구본철, 차정욱, 오영일, 나진호, 강호묵
마케팅 지원 | 장상범, 박지연
제작 | 김유석

■ 도서 A/S 안내

성안당에서 발행하는 모든 도서는 저자와 출판사, 그리고 독자가 함께 만들어 나갑니다.
좋은 책을 펴내기 위해 많은 노력을 기울이고 있습니다. 혹시라도 내용상의 오류나 오탈자 등이 발견되면 **"좋은 책은 나라의 보배"**로서 우리 모두가 함께 만들어 간다는 마음으로 연락주시기 바랍니다. 수정 보완하여 더 나은 책이 되도록 최선을 다하겠습니다.
성안당은 늘 독자 여러분들의 소중한 의견을 기다리고 있습니다. 좋은 의견을 보내주시는 분께는 성안당 쇼핑몰의 포인트(3,000포인트)를 적립해 드립니다.
잘못 만들어진 책이나 부록 등이 파손된 경우에는 교환해 드립니다.